PARA GOSTAR DE LER 40

Mitos indígenas

BETTY MINDLIN E NARRADORES INDÍGENAS

CB142282

Ilustrações
Adriana Florence

editora ática

Mitos indígenas
© Betty Mindlin, 2006

Diretor editorial	Fernando Paixão
Editora	Gabriela Dias
Editor assistente	Emílio Satoshi Hamaya
Preparação	Renato Nicolai
Coordenadora de revisão	Ivany Picasso Batista
Revisão	Luicy Caetano
	Alessandra Miranda de Sá

ARTE

Editora	Cintia Maria da Silva
Editoração eletrônica	Studio 3 e Divina Rocha Corte

CIP-BRASIL. CATALOGAÇÃO NA FONTE
SINDICATO NACIONAL DOS EDITORES DE LIVROS, RJ.

M573m

Mindlin, Betty
Mitos indígenas / [seleção e organização] Betty Mindlin e narradores indígenas. –
São Paulo: Ática, 2006.
144 p. : il. – (Para gostar de ler; 40)

Suplemento de leitura e apêndice
Inclui bibliografia
ISBN 978 85-08-10549-6

1. Índios do Brasil – Lendas. I. Título. II. Série.

06-2342. CDD 398.2
CDU 398.2

ISBN 978 85 08 10549-6

CL: 733228
CAE: 209654

2025
1ª edição
9ª impressão
Impressão e acabamento:
Log&Print Gráfica, Dados Variáveis e Logística S.A.
OP:286633

Todos os direitos reservados pela Editora Ática S.A., 2006
Av. das Nações Unidas, 7221 – Pinheiros – CEP 05425-902 – São Paulo, SP
Atendimento ao cliente: 4003-3061 – atendimento@aticascipione.com.br
www.coletivoleitor.com.br

IMPORTANTE: Ao comprar um livro, você remunera e reconhece o trabalho do autor e o de muitos outros profissionais envolvidos na produção editorial e na comercialização das obras: editores, revisores, diagramadores, ilustradores, gráficos, divulgadores, distribuidores, livreiros, entre outros. Ajude-nos a combater a cópia ilegal! Ela gera desemprego, prejudica a difusão da cultura e encarece os livros que você compra.

EDITORA AFILIADA

Sumário

Metamorfoses

Mães, gravidez e espanto

Aventuras proibidas

Além da morte

Como explicar o mundo?

Quem fez o sol, a lua, as estrelas, as águas, o chão, a floresta, a chuva, os rios, o fogo, o céu, o relâmpago, o trovão, o arco-íris, tudo o que existe, enfim? Fizeram-se por si próprios, ou foram criados? Por que há homens, mulheres, amor, morte, bichos, caça, plantas, alimentos, por que há línguas e povos diferentes? Como surgiu a humanidade? Terá sido extinta alguma vez, e renascido?

As perguntas sobre o que nos cerca são eternas, e não há uma resposta única ou definitiva. Cada povo, cada época ou lugar tem a sua versão, a sua história, que acredita ser a verdadeira.

Os mitos são narrativas sobre esse mistério de existir e de viver, quase impossível de decifrar. Eles nos arrastam, encantam, e nos levam para algum domínio profundo, carregado de sentido.

Este livro apresenta 28 mitos de dez povos de Rondônia e Mato Grosso. Há centenas de outros, provavelmente muito antigos, que ainda são contados nessas regiões por mais de trinta povos indígenas. É possível ir visitá-los e ouvi-los, e descobrir o que ninguém conhece na cidade. E há muito que aprender, pois existem mais de duzentos povos indígenas em todo o Brasil, com uma população de 730 mil pessoas.

Até há pouco, os relatos eram passados de uma geração a outra só pela fala e pela memória, pois não havia escrita. Os mitos deste livro foram gravados em várias línguas indígenas, traduzidos pelos índios que falavam também o português, e então escritos por mim, que passei para o papel a voz dos índios. O que se lê mistura o meu jeito de escrever com o estilo dos índios de contar. Agora, os próprios índios estão começando a escrever sua tradição, nas línguas indígenas e em português.

Quase todos os narradores das histórias que vocês vão ler nasceram na floresta, numa época anterior ao contato com os não índios. Os Macurap foram o primeiro desses povos a se comunicar com brasileiros vindos de fora, por volta de 1920, quando se expandiu a exploração de borracha em Rondônia. Os Zoró foram os últimos a fazer a paz com representantes do governo brasileiro (da Funai), em 1978.

Os mitos são muito diferentes de um povo para outro, mas alguns assuntos aparecem sempre, iguais ou transformados, e vamos aprendendo a reconhecê-los. O céu que ameaça cair, aqui um mito dos Gavião-Ikolen, encontra-se, com outro enredo, até mesmo em povos da África. A origem da lua, com suas manchas negras, tem explicações variadas em cada lugar. A Cabeça Voadora é famosa em todas as Américas, a mãe do arco-íris existe em numerosos povos. E sempre gente e animais estão muito próximos, como se fossem parentes. Cada uma dessas histórias é uma joia única, mas poderia encabeçar um colar de outras, do mundo todo, que têm alguma semelhança com ela.

O melhor é ir lendo as narrativas pelo prazer que proporcionam, deixando-se levar pelas águas de imagens inesperadas. Com o tempo, vamos nos familiarizando com o conteúdo – e vai crescendo a admiração pelos povos indígenas, brasileiros como os outros, e tão especiais na sua arte de contar e lembrar.

Betty Mindlin

Cosmos

A queda do céu

Mito gavião-ikolen

O céu já caiu uma vez, era para ser o fim do mundo. Trovejou, trovejou, foi um estrondo, o céu foi caindo no chão.

Vinha devagarzinho, devagarzinho. Na terra, todos choravam apavorados. Fugiram para debaixo do mamoeiro.

Antes de cair o céu, apareceram sinais. Caiu o cupim da árvore, prenúncio do desastre. Em pouco tempo o céu, que ficava altíssimo, muito longe da terra, começou a tremer.

O céu já estava bem baixinho, roçando um coqueiro, quando um menino pequeno, de uns 5 anos, tentou impedir a queda.

Fez flechas com penas de *mawir*, uma espécie de nambu, que criança pequena não pode comer, senão fica aleijada, não consegue andar. É um nambu bem redondinho, não tem penas no rabo, parece um favo de mel. Tanto os favos como o pássaro *mawir* são redondos, à semelhança da abóbada celeste.

O menino flechou o céu, que era duríssimo. Atirou flechas enfeitadas com plumas de *mawir*. O céu começou a voltar para cima só porque a criança deu uma flechada com penas de *mawir* no céu. O céu subia devagarzinho, descia outra vez, subia com mais vigor. O menino jogou as flechas três vezes até o céu subir.

O coqueiro e o mamoeiro é que seguraram o céu. Quando o menino flechou, o céu resolveu voltar para cima. Retomou seu lugar nas alturas, ninguém morreu.

A noite

Mito gavião-ikolen

Antes, no início do mundo, não tinha noite, só tinha dia. Durante o dia as pessoas ficavam acordadas, comiam muitas vezes, sem parar. A comida acabava depressa demais. Gorá, o deus, e seu irmão Betagap resolveram buscar a noite na casa de Padzop, outro deus, o dono da noite.

Antes da viagem, Gorá e Betagap marcaram seu calendário e avisaram quando iam voltar. O calendário de Gorá eram os cantos de pássaros que dariam sinal sobre os viajantes. Gorá avisou a mãe:

"Mãe, eu vou à casa de Padzop buscar a noite. Vivemos cansados, a gente não dorme, porque é sempre dia! Antes de eu viajar, eu quero dar um aviso para você, mãe. Esse aqui chama *galaká-wa*. É um bichinho (ninguém conhece esse bichinho). Se, enquanto eu estiver viajando, ele falar *küt, küt, küt*, isso quer dizer 'eu estou bom de saúde'. Esse vai dar sinal de que eu estou bem de saúde.

"Ao mesmo tempo, tem outro canto, *ker-ein, kürein, girig, girigá*, que quer dizer: 'Estou triste, eu morri'. Se cantar bonito, você sabe que estou bem; se cantar triste, que morri. Outro, este aqui, chama *borá*, é um pássaro da noite. Canta *bôr... bôra...* Vai cantar de noite, você vai saber que estou chegando naquele dia. Deve ser coruja. Ao mesmo tempo essa coruja vai cantar *tzug, tzug, tzug*, que quer dizer que estou carregando meu paneiro, minha bagagem."

"Este terceiro passarinho", continuou Gorá ao se despedir da mãe, "se chama *tsenrarbe-awii-bêp*. Se cantar, estará dando o sinal 'meu tio morreu', e você já vai saber que eu morri. Vai cantar *tzenrarbé, tzenrarbé...*

"Tem outro pássaro que se chama *tekã*. Esse vai falar, vai piar quando você estiver pensando em seu filho, com saudade ou tristeza. O passarinho responde à sua memória. *Te-kã...* 'Já foi, já morreu', ele diz. É um sinal.

"Então, mãe, esses quatro, você já sabe que são meu calendário, eles falam sobre a minha volta. Se eu não voltar, então vão falar agourentos. Um quinto passarinho vai cantar o barulho de beijo, de muxoxo — vai querer dizer que eu estou mal, que não estou viajando bem, ou que eu estou triste, ou que morri. Ele vai dar o sinal."

Gorá viajou. Deixou tudo com a mãe. Deixou com a mãe os pássaros atados num espeto, vivinhos. Cada passarinho que cantava, a mãe dizia: "Ah, meu filho morreu... meu filho está vivo... meu filho está vindo...", conforme o canto que ouvia. O passarinho respondia à mãe de Gorá.

Gorá viajou, subiu morro; era muita montanha, morro muito grande. Subiu o primeiro morro, olhou, nada. Escalou outro morro, nada; o terceiro morro, nada. Quando atingiu o topo do quarto morro, viu o escuro. Falou para Betagap:

— Você está vendo o escuro? Lá é que é a casa de Padzop.

— Estou vendo! — respondeu Betagap.

(Os dois eram deuses, não? Viam no escuro!)

Perto da casa de Padzop, Gorá chamou:

— Ei, Padzop, viemos visitar você, estamos passando mal, não tem noite na nossa casa, por isso viemos aqui buscar a noite, pedir para você arrumar a noite para nós.

Padzop levantou para ver quem estava chegando. Viu Gorá e Betagap.

— Oi, Gorá, é você? Pode chegar para cá! Só que você não vai voltar vivo, você não conhece minha casa. Quem entra na minha casa não volta vivo, não vive mais.

Gorá teve coragem de entrar, expor o que queria:

— Padzop, eu venho aqui porque nós não temos noite. Nós estamos comendo sem parar, acabando com a nossa comida, porque é sempre claro. Nós não temos descanso, viemos buscar a noite.

Padzop aquiesceu:

— Muito bem, vou arrumar a noite para vocês.

Padzop pôs a noite numa caixinha.

— Aqui está o presente — entregou Padzop para Gorá e Betagap. — Vocês não devem abrir fora, só na maloca. Jamais abram durante a viagem. Se abrirem na viagem, vai ficar escuro. Vocês têm que abrir só junto de sua mãe, em casa.

— Muito obrigado, eu vou voltar — agradeceu Gorá.

Os irmãos não demoraram muito, não dormiram na casa de Padzop. Ficaram impacientes, queriam estar bem depressa na maloca para soltar a noite.

Mal andou um bocado, Betagap quis parar para fazer cocô. Enquanto Betagap ficava distraído nessa atividade, Gorá não aguentou e, curioso, abriu a caixinha. Escureceu de uma vez! Betagap chorou, chorou, chorou, no escuro. Os dois arremedaram passarinho para amanhecer o dia.

— E agora, Betagap — disse Gorá —, que vamos fazer? Vamos voltar, pedir outra noite a Padzop para levar para a aldeia? Essa já gastamos...

Resolveram ir. Gorá foi, bem descarado, bem sem-vergonha apesar de ter errado, fazer novo pedido para Padzop.

— Ei, nós abrimos na viagem!

— Eu não avisei a vocês que não era para abrir? Antes tem que chegar na maloca! Vou arrumar mais uma vez. Se você abrir, eu não sei. Leva esta aqui.

Gorá obedeceu Padzop. Só foi olhar o que havia dentro da caixa na maloca. Escureceu. Por isso temos a noite até hoje.

Havia muitos perigos na casa de Padzop, mas Gorá era poderoso, não aconteceu nada. Antes não tinha noite, não tinha sono, só tinha dia. Enquanto estávamos acordados, vivíamos o tempo todo com fome. Hoje temos descanso. A escuridão é que trouxe o sono. A noite é ligada ao sono. Toda a noite a gente já sabe que vai dormir.

A lua, *gatikat*

Mito suruí

Foi assim, como vai ser contado, que a lua surgiu.

Havia uma família, da metade ritual dos *íwai*, os da comida, que se ocupava em preparar a bebida para a festa, indo colher cará na roça para cozinhar. Nessa família havia dois irmãos e duas irmãs. Uma das meninas, muito bonita, estava *akapeab*, em reclusão por estar na primeira menstruação. Devia se casar, como deve ser, com seu tio materno, quando acabasse o período de resguardo.

O tio materno, sendo da outra metade da aldeia, a do *metareda*, ou do mato — pois por ser da outra metade é que podia casar com ela —, estava longe, na clareira no mato, preparando flechas e outros presentes que essa metade tinha que dar para a da comida na festa.

Uma noite, um homem veio à maloquinha da menina, deitou-se na sua rede e namoraram. Bem baixinho, para ninguém ouvir, ela perguntou:

— É você, tio, que está fazendo isso comigo?

— Sou eu, sim, seu tio materno...

Muitas e muitas noites ele voltou. Quando escurecia, ele vinha sempre, e costumava deitar-se com ela. A menina perguntava:

— É você, tio?

— Sou, sim... mas não conte para ninguém, só quando você puder sair da maloquinha para casar.[1]

1 Não é costume o tio materno, que é o noivo preferencial, namorar a menina antes da menstruação. Casa-se com ela logo que acaba a reclusão. Um parente mais distante, como o primo cruzado (filho do irmão da mãe ou da irmã do pai), pode namorar, às escondidas.

A menina ficou desconfiada, depois de um tempo — seria mesmo seu tio o visitante noturno? Resolveu que ia passar jenipapo no rosto dele.

À noite, como de costume, deixou encostada a portinhola de palha, o *labedog*, na parte de trás da maloca, para ele entrar com facilidade. Já tarde, ele veio, e se deitou com ela na rede.

— Oi, tio, é você?

— Sou eu, sim!

Ela pegou o jenipapo e passou-lhe no rosto. Ele estranhou, mas ela disse que era água, para diminuir o calor.

No dia seguinte, ela contou para a mãe o que vinha acontecendo.

— Mãe, será meu tio, mesmo, que me namora toda noite?

— Não pode ser, não, minha filha, tio não faz isso com a sobrinha, só quando acaba a reclusão. Se fosse outro, aí poderia ser... Você já perguntou mesmo se ele é seu tio?

— Perguntei! E ele disse para eu não contar a ninguém!

— Por que há de querer segredo? Se ele é seu tio, você é mulher dele, não dos outros, pode esperar você sair do resguardo!

— Hoje eu passei jenipapo no rosto dele, mamãe! Você pode ir ver, lá no *metareda*, no mato, se é ele mesmo!

A mãe achava que não era o tio, pois este não entraria às escondidas na maloquinha. Se fosse outro pretendente, por exemplo um primo, então, sim, tentaria namorar a mocinha à revelia do marido mais legítimo, o tio. Foi à clareira onde ficava a metade do mato, durante a seca, e voltou assustadíssima:

— Minha filha, o rosto do seu tio não tem nenhum jenipapo, nenhuma pintura! É o rosto do seu irmão, aqui na nossa metade, que está pintado!

A menina pôs-se a chorar, no maior desespero:

— Então é meu próprio irmão que vem me namorar, todas as noites!

A mãe também chorava, e disse que eles tinham que ir embora para o céu. O irmão, adivinhando ter sido descoberto, veio chegando, já com todas as suas coisas, seus cestos, seus pertences. A irmã saiu da maloquinha, pondo fim à reclusão, mas sem se pintar de jenipapo, sem se enfeitar como uma noiva, como seria se fosse casar com o tio.

— Mãe! Enfie a ponta da flecha no meu corpo para eu morrer! — pedia para a mãe. Queria morrer mesmo.

— Não, vocês não vão morrer, não! — respondeu a mãe. — Vocês vão para o céu.

E os dois irmãos subiram para o céu por um cipó. Desde então apareceu a lua, que antes não existia. O lado escuro da lua é o rosto do irmão, pintado de jenipapo.

O caçador panema, ou o relâmpago, *galoba*

Mito suruí

No tempo dos nossos avós, havia um homem que não conseguia caçar nada, era um caçador panema. Mesmo quando ia bem perto do lugar em que os gaviões matam macacos e tatus a toda hora, não conseguia matar nem um só bicho.

Um dia, ele foi, como sempre, ao lugar onde os macacos-aranha, os bugios, vivendo em grandes bandos, comiam fruta, fazendo uma zoeira danada. Não podia haver melhor lugar para caçar, mais fácil de matar macacos, mas nem assim ele conseguiu.

Escondido na folhagem, ele viu Moradei, uma árvore, que antigamente era gente, matando muitos macacos, que caíam no chão fazendo um barulhão.

O caçador panema ouviu Moradei dizendo:

— Eu caço muito porque passei minha perna nas flechas que uso, para as flechas terem sorte para acertar, e sou eu que dou muita sorte na caça, a tudo que toco!

Aí viu outro homem, Borkaa (que antigamente era gente, e hoje é a planta que dá a resina preta que se passa nas flechas), caçando e matando muitos macacos. Hoje, a resina *borkaa* dá muita sorte na caça.

Havia outros seres caçando, derrubando muitos macacos com estrondo. Havia Gereió e Morad-hoba. Também eles eram gente, e nos dias de hoje são plantas que se costuma esfregar no corpo, para ter sorte na caça.

— Quem é que consegue caçar tanto? — o caçador panema perguntou, invejoso.

— Sou eu! Sou eu matando para mim! — responderam os seres e as plantas da floresta.

— Por que só eu não consigo matar nada, nem mesmo quando vejo tantos macacos juntos? — o caçador choramingou.

— Deixe a gente resolver o seu problema. Vamos passar remédio no seu corpo para você caçar tão bem quanto todos nós.

E aí cada um deles esfregou sua casca-unguento no corpo todo do caçador: nas pernas, nos braços, no peito, na bunda, no pênis também.

— Experimente flechar agora para ver! — estimularam.

A primeira flechada pegou um tucano que vinha passando. A seguir, não errou mais o alvo. Caíam os macacos, amontoavam-se no chão.

Os seres da caça recomendaram-lhe então:

— Amanhã você deve trazer aquela-com-quem-você-deita-sempre (esta é a palavra para esposa) para nós passarmos cascas vegetais nela também, senão sua sorte acaba.

Quando o caçador chegou em casa, seus irmãos estranharam muito vê-lo tão carregado:

— Foi você mesmo que matou tantos macacos? — espantaram-se.

— Fui, sim, achei um lugar de sorte... — respondeu.

Os outros quiseram ir com ele no dia seguinte, mas ele disfarçou e foi só, levando aquela-com-quem-ele-brincava-sempre para os seres da floresta passarem unguentos.

No lugar onde vira a agitação dos macacos, e onde caçara tanto, encontrou-os todos.

— Aqui estou, chegamos! — cumprimentou.

— Muito bem! — e passaram suas substâncias de cascas naquela-com-quem-ele-sempre-brincava.

Esfregaram, esfregaram... no corpo todinho dela.

Então perguntaram ao caçador:

— Você fica bravo se eu tomar aquela-que-você-sempre-come, se ela ficar sendo aquela-com-quem-eu-deito-sempre, se eu ficar com sua mulher para minha mulher? Porque esse é o jeito de você deixar de ser panema, de tirarmos o seu azar na caça — explicaram-lhe.

— Podem fazer isso com ela... — o caçador assentiu.

Todos deitaram com ela, namoraram, namoraram com aquela-com-quem-ele-sempre-brincava, para trazer sorte na caça. Logo depois, todos juntos, e mais o caçador, mataram muitos macacos.

Na hora de o caçador ir embora, os seres da floresta disseram para a mulher do caçador, para aquela-com-quem-ele-sempre-brincava:

— Não conte para ninguém o que fizemos com você. Só seu marido sabe; se os outros índios souberem, você pode morrer.

Aí o casal despediu-se e foi embora. Chegaram na aldeia carregando muitos macacos, tanto o caçador como a mulher.

Havia caça para toda a aldeia, e ele pôs os macacos assando em muitos moquéns, perto de todos os jiraus. Adormeceu preocupado, com medo de que sua mulher contasse a alguém o que tinha acontecido. E não viu que sua perna estava encostando no moquém; em pouco tempo, tinha se queimado toda.

Os outros acordaram e assustaram-se:

— Ele queimou a perna ao assar os macacos! Por que será que se deixou queimar assim, sem perceber? — e ficaram com medo dele. Até os irmãos diziam que era melhor fugirem, ou o caçador podia resolver comer todo mundo.

Decidiram esconder-se em cima do tapiri, no telhado de palha, do acampamento onde estavam, deixando o caçador sozinho. Este logo acordou:

— Que aconteceu com minha perna, como fui me queimar assim? E estes sem-vergonhas dos meus parentes, nem me avisaram, nem me acordaram, e me abandonam todo queimado... Agora vou ter que virar alguma outra coisa, não posso mais ser gente.

Estava tão enfurecido que comeu a carne toda nos fogos de cada jirau, para não deixar mais nada para os outros.

"E agora, agora é hora de eu virar alguma coisa que assuste os homens, que lhes faça mal! No que posso virar? Posso virar o *pawagab*, o passarinho que pia como sinal de guerra...

"Aí, quando eu cantar", continuou, "será que as pessoas vão sentir muito medo de mim? Quero apavorá-los! Será que vão dizer, ouvindo meu canto, 'vai chegar o inimigo para nos matar!'?

"Talvez outro pássaro faça mais medo, talvez o vina. Quando eu cantar assim como ele", e o homem queimado imitava o barulho do vina, 'wimmm... wimm...', "será que os homens vão ficar aterrorizados, vão tremer de medo, vão dizer que são outros índios que estão chegando para comer a nossa carne? Me ouvindo, todo mundo há de pensar que vai haver guerra?

"Ou será melhor eu virar taboca, a ponta da flecha? Quando eu virar taboca, e o vento fizer barulho nas minhas hastes, as pessoas vão dizer que há uma guerra para estourar, que devem brigar, e vão ter medo...

"Que nada, o melhor mesmo é eu virar *galoba*, o raio, o relâmpago. Quando eu aparecer, aí, sim, é que o terror vai tomar conta dos homens. É isso mesmo que eu quero ser.

"E como é que eu vou embora para o céu, para virar fogo, trovão, relâmpago?", o caçador queimado continuava pensando alto. "É para lá que tenho de ir, e virar sinal de guerra!"

Assim é que Galoba queimou a perna e foi embora para o céu. O seu sinal, o fogo, subiu primeiro às alturas, e só depois o corpo, fazendo um estrondo, Pam!, Pam! — o trovão.

E logo após tudo ficou calmo. Quando caía o raio, *galoba*, ninguém mais falava, era o silêncio, e o medo da guerra.

Assim ele é até hoje, *galoba*, o raio. Existe por causa do que foi contado agora a vocês.

A cobra Untaibid, o arco-íris

Mito tupari

Havia uma cobra, cujo nome era Untaibid. Contam que Untaibid vinha descendo na flor-d'água, como uma fruta boiando.

Uma mocinha foi ao igarapé encher o pote, quando vinha passando Untaibid.

— Que fruta bonita! — exclamou, e pôs na boca. — Que cajá doce! Onde estará o pé? — ficou pensando.

Aí, da sua boca, escapuliu o caroço, e da boca foi para o bucho. Ela se assustou:

— Ai, engoli o caroço! Onde estará o cajá? — e pegou o pote d'água e foi embora.

Não tinha marido, era moça. Seu bucho foi crescendo, até que a irmã perguntou:

— Você está grávida? De quem?

— Eu sei lá! Sei que não ando com homem algum, mas estou grávida.

Era verdade, era tão menina que nem mesmo tinha ficado menstruada pela primeira vez. Mas o bucho foi crescendo. Então ela contou para a mãe:

— Eu fui pegar água, e engoli o caroço de cajá... aí a barriga foi crescendo.

Foi assim até a hora do parto, quando ela chamou a mãe para avisar que a barriga estava doendo.

Botou para fora, primeiro, uma cobra jararaca. A irmã dela gostou e guardou. Apareceu uma segunda cobra, uma surucucu. A irmã gostou e não deixou matar. Se tivessem matado, hoje não existiria cobra. Mas a irmã soltava sempre. A terceira a aparecer foi a pico-de-jaca. A irmã se engraçou de novo:

— Que bicho bonitinho! — e colocou num pote, enrolado; estava guardando.

Vinham todas as qualidades de cobra, e a irmã e a mãe soltavam, não queriam. Até que apareceu Untaibidpag. Acharam mais bonitinha que as outras, e soltaram as que tinham guardado até então.

Untaibid não saiu logo, não. Apareceu por derradeiro, e era a mais linda.

— Vamos criar as duas, Untaibidpag e Untaibid — combinaram a mãe e a irmã da moça. Mas ficaram só com a última, soltaram a outra.

Ficaram criando Untaibid. Davam comida, de tudo o que elas mesmas comiam.

Untaibid comia bem. Até que um dia falou:

— Mamãe, estou com uma fome! Tenho vontade de comer peixe! Vamos embora pescar no igarapezinho?

— Você não vê, meu filho, que está tudo alagado?

Mas a cobra insistiu tanto que a mãe saiu com ele. Foi andando, com a cobra Untaibid atrás. No igarapezinho, a cobra falou:

— Mãe, você fica aqui e eu deito no igarapé, cruzando a água, e o rio vai secar, para você pegar piaba para eu comer.

Estirou-se e prendeu a água, a água secou. As piabas pulavam.

— Pega, mamãe! Pega ligeiro, que a água está pesando! Sai logo que eu não aguento, vou levantar!

A mãe saiu e a cobra soltou a água. A mulher fez fogo, e ficou assando os peixes, enquanto Untaibid foi se enxugar lá em cima do açaizeiro.

— Mãe, está pronto? — e desceu para comer.

Nessa hora, virava gente. Comia o peixe, mas jogava fora, na água, o rabo e a cabeça — e estes viravam peixe vivo outra vez!

A mãe fez moqueca e Untaibid chamou-a para ir embora.

Na aldeia, a avó fartou-se de comer, e perguntou como tinham apanhado tanto peixe.

No outro dia, a cobra acordou com fome, queria peixe outra vez, e não milho cozido. Foram pescar, do mesmo jeitinho que antes. A cobra avisava:

— Mãe, quando eu falar, tem que correr logo, senão a água leva!

A mãe saía direitinho, fazia fogo, assava peixe para a cobra, que subia no açaizeiro para secar-se e virava gente para comer.

Assim a cobra foi crescendo, ficou com mais de dez metros.

Um dia, a avó quis ir junto para ver como é que se pegava peixe no inverno. A filha explicou direitinho:

— Mãe, quando seu neto falar, você tem que ganhar logo o mato, porque a água pesa, e ele não tem força para segurar!

Chegaram no igarapé grande, e ele avisou:

— Quando eu falar, mamãe, você e minha avó sobem no barranco! — e se deitou no rio.

Era peixe que não acabava mais. A velha gostou, e ia catando. A cobra gritou que não aguentava mais, para elas saírem.

— Mas ainda tem muito peixe — pedia a velha —, segura a água mais um pouco!

Untaibid balançou outra vez, estava exausto, e a velha nada. A mãe, já no barranco, pedia para a velha voltar. De repente, o menino, exaurido, levantou e a água levou a velha. Fez uma casa no fundo d'água para ela não morrer. Hoje em dia ainda existe o lugar onde ela ficou alagada, é uma lagoa bem antiga em Mato Grosso, onde tudo aconteceu.

— Minha mãe, minha avó é impossível, deixe-a ficar no fundo, que estará bem.

A mãe cozinhou, chorando. Sabia que a avó não ia morrer, ia virar cobra. A velha não voltou.

O tio, o irmão da mãe de Untaibid, não gostou. "Vou matar essa cobra!", pensou, e marcou o menino para matar.

Até que o menino inventou de pintar a mãe:

— Você se pendura num galho e eu engulo você para te pintar. Aí você balança para fazer força para eu descer e não engolir você toda.

Ele foi engolindo a mãe, primeiro os pés, depois as pernas, foi subindo. Foi pintando. A mãe se sacudiu e ele a soltou.

A mãe ficou muito bonita. Foi passear no mato; a tia a viu e ficou com muita inveja. Disse:

— Quem foi que te pintou? Eu queria que nosso[1] filho me pintasse também! — a tia ficou insistindo.

A mãe não queria:

---

1 Os conceitos de parentesco são diferentes em cada povo indígena, e se distinguem dos nossos. Neste caso, as duas irmãs, a mãe e a tia, são chamadas de mãe pelos filhos de ambas.

— Nosso irmão já está mal com nosso filho, e não quero perder meu filho. Ele já fez nossa mãe se perder, não sei se está viva ou não. Ele diz que está viva. Mas nosso irmão está muito bravo.

A tia tanto aperreou, que o menino prometeu pintar, mas avisou:

— Se eu começar a engolir muito você, você me sacode, senão eu te como inteira. Pode se pendurar aqui neste galho.

Untaibid começou a pintar pelos pés. Foi subindo e, quando chegou na cintura, balançou a tia para ela sair, mas ela pediu:

— Quero mais, meu filho! — e ele foi engolindo mais.

Quando passou do pescoço, engoliu a tia toda.

A mãe falou para ele botar fora. Mas o tio, com raiva, pegou a espada[2] e espancou-o com violência. Untaibid ia cuspir a tia viva, mas, com as pancadas, ela morreu.

Untaibid provocou (vomitou), e saiu a mulher, morta, com o corpo todo pintado.

O menino chorou a noite toda, o outro dia, não parava de chorar. Pediu para a mãe:

— Vamos embora daqui, aqui não fico mais!

A mãe não queria, mas pensou, pensou e acabou indo com ele. Desceram para a água, e ele espalhou os bichos que tinha. Inventava muita coisa: galinha, pato-d'água, caracol. De vez em quando as formigas matavam seus bichos.

Então ele quis ir mais longe. Por onde passava, a água ia crescendo. A mãe ia na frente, e ele atrás, fazendo a água crescer. Até chegarem num lugar em que soltou todos os bichos, e mais as formigas.

A mãe chorava, com pena de deixar o irmão. Mas foram descendo mais ainda. Untaibid fez a mãe virar cobra também, deixar de ser gente. E soltou os bichos de novo, com as formigas.

---

2 Termo regional usado pelos índios e que designa a borduna ou a lança. Espada, neste caso, não se refere à arma com lâmina de metal que conhecemos.

Iam descendo, as duas cobras, e o rio se alargando. Fez um rio largo, lá naquele rumo, que é onde ele mora.

Ele tem que ir caminhando pelo céu, porque se fosse pelo chão ele acabaria com o mundo, alagando-o. Por esse caminho, vai visitar o tio, e a mãe vai olhar o irmão.

A sombra de Untaibid é o arco-íris que aparece no céu. Untaibid mesmo mora num lugar cheio de água, talvez o mar. O arco-íris é só o seu reflexo.

Tohon-noti, o sol antigo

Mito jabuti

Antigamente, havia o sol, o que iluminava no tempo do descobrimento da humanidade, quando Kawewé e Karupshi tiraram gente de debaixo da terra.[1] Não é o mesmo sol que vemos hoje em dia. Era um homem velhíssimo. Enquanto moravam debaixo da terra, os homens não o conheciam, no subterrâneo não dava para ver. Mas o sol já estava no mundo, foi este sol, *tohon*, que nos recebeu, que encontrou os homens.

Não anoitecia nessa época. O sol ia, voltava, ia, voltava. O sol se punha e nascia imediatamente. Quando estava quase escurecendo, porque ia se pondo no horizonte, o sol reaparecia no outro lado. Nunca escurecia. Só era escuro dentro da maloca; fora, o sol continuava claro, quente.

Esse sol antigo, *tohon-noti*, foi comido pelos "demônios", pelos *hipopsihi*, pelas onças.

Um belo dia os *hipopsihi*, "demônios", comeram o sol. O sol gritava como arara no meio do terreiro, comido pela onça. O mundo ficou sem sol. Eram onças comendo a humanidade e o sol. Os ossos de caça, os ossos dos bichos que comemos, viravam onças e nos comiam. Mulheres grávidas, buchudas, viravam onças, comiam gente. Quem era criminoso, matara alguém, virava bicho, comia os outros. Escureceu, o sol foi virando estrela.

---

1 Ver o mito "A origem dos homens", na página 37.

Os habitantes da aldeia resolveram juntar lenha, fazer uma fogueira e escolher um pajé velho para ficar no lugar do sol. Gente velha se pintou de urucum, ficaram vermelhos.

Um velho quis ser pajé, ficar no lugar do sol, mas não era um pajé formado, forte, era um pajé com um poder mais fraco que os outros. Tocaram fogo nesse pajé para que virasse sol. As labaredas o queimavam, envolviam-no inteiro, o urucum ia pingando do seu corpo como se fosse água, era muito óleo pingando. A família observava assustada. O velho entrou brincando na fogueira, sentou-se, mas não se queimou, só se coçava, se coçava, foi virando fogo, virando sol, virando *tohon* com as chamas que o lambiam. Não era mais pajé, era o sol, mas virou um sol que só iluminava um pouco, não era do jeito que é hoje.

Era namorador demais esse segundo sol, saía para o porto, namorava a mulher dos outros, ninguém gostava, tinham raiva. Ao namorar, não queimava as mulheres, embora fosse de fogo. Virou sol, mas continuava andando pela terra, namorando.

Como o segundo sol era muito namorador, um outro pajé, este que até hoje é sol, mandou:

— Matem e comam aquele sol namorador, que eu vou ser pajé, vou ser sol para vocês. Vou iluminar para vocês o mundo bem claro, vocês vão enxergar bem direitinho. Para isso, quero que vocês tirem muita lenha para eu queimar.

Resolveram matar o segundo sol que não fazia clarão grande, que namorava as mulheres dos outros. Mataram.

Cada vez que cessava a claridade do sol, as onças atacavam. Foi assim quando a onça comeu o primeiro sol, comendo muita gente da aldeia. Quando mataram o segundo sol, o namorador, as onças passaram outra vez a comer muita gente.

Mataram o sol, as onças atacaram de novo.

Para resolver a tragédia, todos carregaram lenha, iluminando o escuro. Tocaram fogo, pintaram o pajé mais jovem de urucum, este que hoje é sol. O jovem pintado entrou nas chamas. Entrou dentro da lenha. Tinham feito uma roda, só de lenha. O novo pajé anunciou para a sua família, para a mulher e os filhos:

— Meu filho, pega no meu braço, vou ficar ali sentado. Vocês devem atear fogo no meu corpo.

O filho, a mulher, os parentes pegaram o homem e puseram dentro da roda, bem no centro dos pedaços de lenha. O pajé levava suas flechas de breu, sua espada,[2] sua rede para amarrar e deitar. A família do *tohon* chorava, não queria que ele virasse sol.

— Meu filho, você quer morrer?

— Papai não vai morrer, não...

Lá ele ficou sentado num banquinho de pajé, *tohon-nipe*, o banco do sol, um casco de jabuti (na nossa língua, o casco do jabuti grande é *tohon-nipe*, o banco, a cadeira do sol).

Tocaram fogo, tocaram fogo, o pajé sentado, imóvel, conversando ainda:

---

2 Termo regional usado pelos índios e que designa a borduna ou a lança. Espada, neste caso, não se refere à arma com lâmina de metal que conhecemos.

— Vocês não olhem para mim, não. Virem o rosto e me deixem aqui.

Conversava com a rede nas costas, sentado, dirigindo-se à aldeia, brasas espocando do seu corpo, expelindo faíscas. Num dado momento, entrou na água e foi embora.

— Esperem aí, que amanhã vou vir fazer clarão.

Levaram seu banco em brasas, com labaredas, puseram no poço onde costumam buscar água. Entrou na água, sumiu. O fogo não apagou; mas *tohon* desapareceu.

As onças voltaram a atacar, era noite ininterrupta...

Quando foi de madrugada, o nambu-relógio cantou *"wiri-wiri"*, que é o nome desse pássaro, é um passarinho que adivinha a madrugada chegando. O filho do sol alegrou-se:

— Papai já está vindo!

Clareou.

— Não falei que nosso pai já vinha?

Esperaram, ficaram em casa, com medo das onças. Clareou, afastaram-se os *hipopsihi*, as onças, os espíritos. As onças passaram, não vieram mais.

O sol pediu para, quando desse meio-dia, o pessoal da terra jogar para ele um pouco de bagaço de jenipapo e um chapéu (um cocar). O bagaço de jenipapo e o cocar seriam um presente dos homens para o sol.

O sol foi para as alturas. Quando o sol vivia conosco, estávamos acabando; muita gente escapou, parece que muitos *eré*, muitos brancos, se salvaram, mas muita gente morreu.

Começos e fins

A origem dos homens

Mito jabuti

A descoberta: o Morcego comedor de gente

Foram os dois companheiros, Kawewé e Karupshi, que nos receberam na terra, que saíram pelo mundo à procura dos homens e acabaram por nos encontrar. Nesse tempo não havia mato, nem gente, nem fogo, nem água, só eles dois.

Kawewé e Karupshi eram sozinhos no mundo. Não havia mais ninguém. Foram nos buscar lá de onde saímos, de debaixo da pedra, onde era escuro, onde não havia sol, onde sofríamos sem a luz do dia.

Foi assim que aconteceu. Kawewé estava nos procurando. Karupshi, seu companheiro, disse:

— Estamos com fome! Que vontade de comer carne, comida!

Kawewé respondeu:

— Nosso avô tem casa aqui perto, nosso avô Beretxé Noti, o Morcego Antigo. Vamos lá comer.

O avô deles era o Morcego, Beretxé. Nesse tempo, o morcego era gente. Na casa dele, do Hoton Beretxé, do Vovô Morcego, havia tatu, havia batata. Pensavam que fosse carne de tatu, mas era de gente.

O Morcego estava com a rede amarrada, dormia com os pés para cima e a cabeça para baixo. Kawewé e Karupshi penduraram a rede do mesmo jeito, de cabeça para baixo, que era como o Morcego dormia. Ficaram pendurados, deitados ao contrário. Balançavam, fechando os olhos, mas balançando.

— *Hoton!* Vovô! Estamos com fome.

Vovô estava comendo carne, batata. Era sozinho, não comia toda a carne. Ofereceu:

— Podem comer, olhem aqui o tatu!

Antigamente Beretxé, o Morcego, era gente. Tinha carne pendurada, cozida. Mostrou para eles uma capemba grande, um recipiente feito do invólucro do cacho das palmeiras, onde estava um menino inteirinho, com cabelo e tudo. Não sei como comia, com batata cozida. Ele não tinha fogo, não sei como era cozido.

— Isso não é tatu, é gente! — disseram Kawewé e Karupshi. — Olha o nariz, a venta, os olhos, a unha, a cabeça, com cabelo e tudo cozinhando!

— Eu não vou comer não!

Beretxé tirou a capemba e botou batata junto com a carne. Antigamente existia batata que se cozinhava na pedra, sem fogo. Havia mamão, taioba, mas banana não havia, nem macaxeira.

Kawewé e Karupshi ficaram pensando.

— Vamos comer! — mentiram para o Morcego.

— Comam! Vou trazer outro! — disse o Morcego.

Kawewé seguiu escondido o Morcego para ver como ia trazer carne, caça. Olhou bem.

O Morcego botava uma armadilha, um pedaço de pau, no buraco de onde saía o tatu. Estava cercando o buraco do tatu. Beretxé é que fazia assim, montando uma armadilha, com forquilha e pau em cima. Colocava assim. Só que não era tatu que saía do buraco — era gente que morava debaixo da terra. Quando saía alguém, o Morcego matava.

Essa gente que vivia no subterrâneo queria comer batata; mandava algum menino sair para o mundo para buscar batata. Só criança pequena é que conseguia sair pelo buraco estreito na terra.

Beretxé queria matar a criança, a armadilha matava na hora. Olhou a armadilha, viu a criança dentro, suspendeu. Tirou da armadilha, morta. Botou no marico, na bolsa de palha.

Kawewé virou mutuca, ficou passeando no corpo da criança morta, depois picou o Morcego. Kawewé tinha virado mutuca para cutucar Beretxé, o Morcego. Kawewé foi enfiando o ferrão para chupar o sangue do avô.

A criança morta na armadilha era uma mulherzinha. Kawewé ficou só olhando, cutucando a menina, na barriga, no pé, nos dedos, nos olhos.

Beretxé foi ajuntando batata, botando no mariquinho, um marico feio. Botou a menina no marico, já morta. Botou na cabeça, foi embora.

Kawewé, virado em mutuca, escutou o pai e a mãe lá no subterrâneo falando que a menina não chegava. Kawewé voltou para a casa do Morcego, onde Karupshi estava sentado esperando.

Os companheiros Kawewé e Karupshi encontram gente

Kawewé e Karupshi nem tinham casa. Estavam procurando a nós, os homens. Enganaram Beretxé, não contaram que tinham ouvido as pessoas conversando dentro da terra, nem que iam lá ver.

Chegaram no lugar onde Beretxé tinha montado outra armadilha. Karupshi falou:

— Olha aqui a armadilha para pegar gente.

Tiraram a armadilha e jogaram no chão. Com o braço assim arriando, Kawewé virou armadilha. Ficaram esperando.

Saiu um menino, olhando. Dessa vez não morreu... era Kawewé pegando, olhando a boca, o pé, tudinho.

Mandaram o menino voltar para dentro da terra. Entrou. O velho, o pai do menino, pulou de alegria porque o filho voltou.

Kawewé esticou o corpo, transformado na armadilha.

— Vem, menino, vem!

Veio uma mulherzinha pequenininha.

Era um buraco pequenininho, só uma criança conseguia passar. A mulherzinha ficou em pé, olhando, tirando batata. Kawewé e Karupshi olhavam tudinho, cabelo, orelha, perna, tudo.

Ouviram, lá embaixo da terra, a mãe mandando a menina ajuntar a batata para levar para eles comerem.

Pegaram no braço, nas pernas, no peito, para examinar bem o corpo, ver como era a menina.

— É como nós, nós não temos pelo no corpo! Não chore, não!

Ela queria pegar batata, deixaram que voltasse para debaixo da terra.

O pai ficou alegre:

— Parece que comeu lá fora! A menina trouxe batata!

— Beretxé vai nos encontrar, vamos inventar um jeito de escapar! — lembraram os dois companheiros.

Kawewé mandou Karupshi entrar no subterrâneo, virar mangangá para conseguir passar pelo buraco. Karupshi tinha medo. Karupshi virou mangangá, caba preto, entrou no buraco. Entrou... zum... zum... As pessoas lá embaixo ouviram o zumbido, queriam matar a caba. Karupshi voou, fugiu.

— Mata esse mangangá! — gritavam no subterrâneo.

— Não tenha medo, eu vou cantar! Você não vai morrer! — Kawewé dizia para Karupshi. Estava fazendo um encanto para proteger Karupshi, cantava palavras mágicas. Kawewé cantava para que não conseguissem matar o companheiro.

Karupshi conseguiu sair sem ser tocado.

— Tem gente lá, vai ver de novo! — insistiu Kawewé.

Karupshi-mangangá voltou, enfiou-se no buraco, com mais coragem. Encontrou o lugar onde aquela gente criava papagaio, galinha, cachorro, peru, no escuro.

— Não dá, não vão me deixar viver! — amedrontou-se.

Karupshi foi longe, bem fundo. Kawewé ficou cantando no lado de fora do buraco para as pessoas não matarem Karupshi. Mandou que voltasse para dentro da terra para ver como era aquela gente.

Karupshi foi duas vezes, depois saiu para o mundo.

Kawewé partiu, cortou a pedra que tampava o subterrâneo, para as pessoas poderem sair. Kawewé era um doutor, um pajé, com força, era como se estivesse cortando com serrote a pedra. Abriu uma porta. Foi Kawewé que abriu a pedra para nós, com machado de pedra. Foi o primeiro que abriu para nós.

A saída da humanidade e a maldição da morte. As línguas e os territórios

No mato não existia gente, nem casa, só havia cobra. Só havia terra. Essa gente do subterrâneo tinha pica-pau, tucano, passarinho. Animal grande não tinham, como veado, anta, mutum.

Kawewé abriu a pedra — não era barro, era pedra. Ficou claro o buraco, dava para passar, mas havia tanta gente... Começaram a sair.

Kawewé e Karupshi cavaram o buraco para poder passar um animal grande como um porco, uma galinha, um peru.

— Agora está bom! Vamos!

— Vamos ver!

Kawewé segurava a porta partida de pedra.

— Que será que é para fazer? — perguntavam as pessoas.

Iam saindo levando rede, algodão, criação, tudo o que tinham.

Diorré, uma mulher linda, voltou para trás porque esquecera a linha de algodão. Correu, correu, mas não teve mais tempo de sair junto com os outros.

— Já venho, agora estou perto! — gritava, mas não adiantou.

Diorré não pôde mais sair. Está trancada lá embaixo até agora. Diorré é que mandou a gente morrer, porque ficou lá dentro, queria sair para o dia. Ainda tem gente lá dentro, não acaba. Ficou muita gente debaixo da terra. Só uns poucos saíram.

Não era para existir morte. Foi por causa do agouro dessa mulher que a morte começou. Ela amaldiçoou:

— Vocês que vão sair para esse lugar com o dia lindo, com luz, vocês vão morrer, vão brigar, vão matar um ao outro! Vocês me largaram aqui dentro, agora vão ver!

Um monstro ruim, Berapariti, uma fera com braço comprido, mostrando o braço, queria sair, ia carregando milho.

— Esse não vai sair não! — não deixavam, não gostavam dele.

— Eu escutei Kawewé e Karupshi — dizia Berapariti, o bicho do braço comprido, que queria acabar com o dia. Kawewé e Karupshi não o deixavam sair.

Ainda tem gente lá dentro. Nós conseguimos sair.

— Tem muita gente ainda! — Kawewé falou.

Saiu tanta gente pertinho da porta.

— Quero ver o dia, andar por aí! Estávamos sofrendo tanto!

Todo mundo vinha trazendo rede, linha, algodão, por isso temos linha e algodão. Por isso nós temos a rede. Quem não trouxe, hoje dorme no chão. Mas nós não, porque trouxemos a rede, o tabaco, eles trouxeram também. Saiu, saiu muita gente, mas ainda está lá uma parte.

Os "civilizados" mataram muita dessa gente que saiu da pedra; até agora ainda matam. Antigamente, essa gente de dentro da pedra era muito forte, sabiam brigar. Agora ninguém briga mais, não é mais forte. Antes eram fortes.

Kawewé e Karupshi foram arrumando essa gente toda. Foram abrindo a cabeça, cortando o cabelo na testa. Deixaram um grupo com o cabelo cortado. Cortavam o cabelo com uma taboquinha, parecia gilete. O pé dessa taboquinha parece pé de tiririca, serve para cortar. É igual a palha de milho essa taboca.

Cortaram o cabelo. Para os homens cortaram o cabelo curtinho.

Kawewé falou para alguns:

— Sua família vai virar *eré*, "civilizado".

— Vocês não! — disse Karupshi para outros.

Karupshi falou que a família destes ia sofrer, iam ser caboclos, índios Jabuti, com cabelo liso. Alguns queriam ser "civilizados", mas Karupshi disse que também iam sofrer, então não quiseram mais.

Resolveram dividir as pessoas na terra, cada grupo num lugar. A terra era grande, grande, dava para todo mundo.

Havia um campo limpo, um campo grande. Não tinha árvore nenhuma. Kawewé é que mandou jogar um pau, dividindo o lugar para cada grupo de pessoas. Acabaram de dividir a gente toda. Para cá, para lá, toda a geografia. Kawewé pôs limites de um lado e do outro, a leste e a oeste. No meio não deixou ninguém.

Kawewé ensinou as línguas para todo mundo. Nesse tempo é que começaram a existir os Arikapu, os Aruá, os Ajuru, os Jabuti, os Macurap e outros grupos, cada qual com a sua língua. Kawewé mandou cada grupo para um rumo; depois foi embora, ficar com Hibonoti, o Japó Velho, seu cunhado.

Não sei onde fica a pedra que Kawewé partiu, mas acho que é possível encontrar o lugar.

O veado Itxiab e os ossos dos homens, ou um dos fins do mundo

Mito suruí

Foram Nossos Pais, Palopei, que nos fizeram, há muito, muito tempo, conta-se. Costumávamos ir caçar no mato e, um dia, os Mekôei, as onças, nos devoraram — foi há muito, muito tempo. Devoraram-nos e penduraram nossos ossos num fio, ao longo do caminho que ia do rio até a porta de sua maloca.

As onças acabaram conosco, não havia mais gente.

Palop ficou sozinho em sua maloca, pensando no que podia fazer, contam. Quando estava matutando como poderia recuperar os ossos dos seus filhos, ouviu o veado-mateiro, Patxaub, chegando e cantando:

Makarabei omimã
ixapetar
etapopumã
pum, pum

Makurasai omimã
ixapetar
etapopumã pampam

Ó povo dos Makarabei
esperem por mim
descansem sossegados
deitados na rocha

Ó povo dos Makurasai
esperem por mim
descansem deitados
no calor da rocha

Lá vinha o veadinho Patxaub, tocando sua flautinha para avisar que chegava. Cantava, enquanto ia andando, sobre os Makarabei, o grupo dos nossos que as onças haviam comido, e sobre seu chefe morto, chamado Makurasai.

— Quem está tocando a flautinha? Preciso de alguém para ir buscar os ossos dos meus filhos! — disse Palop.

— Sou eu! — respondeu Patxaub.

— Que bom que você chega cantando! Não quer ir buscar para mim os ossos dos meus filhos?

— Vou sim!

Palop passou extratos muito amargos de vários cipós e cascas de árvores no corpo de Patxaub. Passou casca de *moratapo*, um cipó amargo, de *napokabemi*, outro cipó, passou casca da árvore *garaiub*, de outra árvore ainda, *nambeab*. Passou nos olhos, na bunda, nas pernas, em toda parte.

— Pode ir! — mandou Palop. — Como você vai fazer lá? Vou primeiro experimentar você. Você vai correr morro abaixo, e vou jogar uma pedra atrás de você. Você tem que correr com mais velocidade que a pedra.

O veado concordou e disparou morro abaixo. "Prrum!" — Palop atirou uma pedra atrás dele. A pedra voava atrás do veado. Ele já ia longe, no meio do caminho, quando ficou exausto; cansado, desviou da trajetória da pedra. Gritava assustado, contam, evitando ser atingido.

— Não deu! Não consegui! — gritava o veado-mateiro, sem fôlego, para Palop.

Nisso chegou Itxiab, o veado-galheiro, tocando sua flautinha.

— Vá você, então! — disse Palop para Itxiab.

"Prrum!" — jogou uma pedra atrás dele.

A pedra corria, voava atrás de Itxiab, mas ele ainda era mais veloz. Mais, mais... a corrida continuava. E a pedra parou logo atrás do veado-galheiro.

— Então é você que vai buscar os ossos! — disse Palop para Itxiab. Passou nele os mesmos extratos amargos de cipós e cascas de árvores pelo corpo inteirinho. Itxiab foi embora para a casa das onças, dos Mekôei.

Pum, puum, pum
Makurasai omimã
etapopimã
ixapetar etapopimã

Ia cantando na sua flautinha:

Podem me esperar
ó povo dos Makurasai
descansem sossegados
estirados na pedra

Itxiab chegou na casa das onças e cumprimentou-as.

— Hu... — as onças responderam. — Agora vamos te comer, ó tio!

— Estou aqui! Podem me comer! Mas eu não presto, minha carne é ruim mesmo.

Eram muitas onças, e o cercavam rugindo.

— É melhor vocês experimentarem, lamberem primeiro a minha carne, porque não vão gostar! — repetia Itxiab, tremendo de medo.

Pronto! As onças o lamberam, conta-se.

— Por que você tem carne tão ruim assim, ó tio? — perguntavam as onças.

— Não disse que sou amargo, que minha carne não presta para comer?

— Pois então vamos comer só os seus olhos!

— Ih! Os olhos são mais amargos ainda que o resto!

— Pode ser, mas vamos comer assim mesmo! — as onças lambiam os beiços.

— Experimentem primeiro! — Itxiab estava apavorado.

As onças lamberam:

— Como você é ruim, ó tio!

— Vocês não acreditaram, eu bem disse que sou amargo!

— Então vamos devorar só seu traseiro!

— Ih! É pior ainda, não presta mesmo para comer!

As onças penduraram uma rede bem no fundo da maloca e o convidaram para deitar com elas:

— Deite aqui, e daqui a pouco vamos te comer! — repetiam.

Itxiab quase não conseguia andar, de tanto medo. Então lembrou que Palop lhe dissera que ia mandar a abelha *gamora* cortar o fio onde estavam pendurados os nossos ossos. Itxiab deveria ficar atento: quando a abelha aparecesse zumbindo no seu ouvido, estaria dando o sinal de já ter rompido o fio, e ele poderia fugir.

Itxiab esperava ansioso, prestando atenção nos ruídos. Mexia-se devagarinho e balançava na rede, tentando levantar disfarçadamente, mas, cada vez que levantava um pouquinho, a onça levantava também. "Quando vai chegar essa abelha?", pensava, angustiado. De repente... "we... we..." — era o zumbido da abelha!

Itxiab pulou por cima da onça e voou para longe. Corria ao longo do fio comprido, no caminho da maloca das onças ao rio. Ia arrancando os ossos e levando consigo. Pegou muitos ossos dos Kabanei — por isso os Kabanei são numerosos hoje. Pegou ossos dos Gamirei, um pouco menos — por isso há tantos Gamirei, mas não tantos quanto os Kabanei. Pegou ossos dos Gamepei, dos Makorei, de outros grupos. E também dos brancos, dos Iaraei.

Itxiab corria levando os ossos, que faziam barulho, batendo uns contra os outros.

— Seu sem-vergonha, foi para isso que você veio! — gritava a multidão de onças enraivecidas, correndo atrás dele.

O veado corria, corria, mas já estava ficando bem cansado. Nisso, apareceu um bando de jacamins e fizeram cocô em cima das onças. Elas foram obrigadas a ir mais devagar, para se esconder da sujeira dos jacamins, e pararam de correr. Itxiab escapou.

— Pronto! — disse o veado para Palop. — Já trouxe!

— Muito bem! — respondeu Palop. — O resto é comigo.

Palop pegou os ossos e soprou, com fumaça de tabaco. Cada osso que soprava virava uma pessoa. Primeiro nos fez nascer de novo. Depois fez nascer os outros índios. E, por último, os brancos. Os nossos dentes, fez com grãos de milho mole, o milho dos índios — por isso os nossos dentes são fracos. Os dentes dos brancos, fez com grão de milho duro, o milho dos brancos — por isso eles têm dentes que não acabam, e quando acabam, eles fazem outros.

Assim é que Palop nos fez ressurgir, nascer outra vez — depois que as onças nos devoraram —, soprando com fumaça os ossos que as onças tinham guardado, e que o veado foi roubar.

As línguas

Mito aruá

Paricot voltou-se para o mais velho, Andarob:

— Gorá,[1] eu vou ensinar uma língua só! Quando eu estiver quase para acabar, você também vai ensinar um pouquinho de língua!

Paricot saiu, ensinando língua aruá. Mal tinha andado um pouquinho, Andarob foi ensinar outra língua.

— Mas eu falei para ele não ensinar uma língua diferente!

Foi ensinando várias línguas, até chegar no branco.

— Como vai? — disse Andarob, já estendendo a mão, ensinando a dar a mão, como fazem os que não são índios (os índios não dão a mão).

Ensinou todos os tipos de língua, que só ele sabe hoje. O outro sabia até mais, mas não queria ensinar, queria que falassem uma língua só.

Paricot se conformou. Separou os índios e os brancos. Escolheu a cigarra e a pedra (*kankará* e *txaá*). Instruiu os índios (e não os brancos):

— Meus filhos, se a cigarra cantar, vocês não respondam. Deixem os brancos responderem. Se a pedra falar, vocês respondam.

Não falou nada para os brancos. A cigarra cantou, os índios responderam. A pedra falou, os brancos responderam. Foi ao contrário do que Paricot pediu.

---

1 Forma que Andarob e Paricot, deuses dos Aruá, usam para se dirigir um ao outro.

— Os brancos é que vão dominar. Vai haver guerra, vocês vão se matar, vocês mesmos vão se prejudicar. Sendo de um mesmo pai, um irmão não vai entender o outro.

E dito e feito. Assim é hoje.

— Agora vou separar vocês. Cada família, cada povo, vai para o seu lugarzinho.

Pegou o branco, jogou para o outro lado do mar, para evitar brigas com os índios. Mas, como falou que quem respondesse à pedra é que iria dominar, o branco é o dominador, porque os índios não obedeceram ao seu ensinamento, eles responderam à cigarra.

Palop sujo, Nosso Pai desprezado

Mito suruí

Conta-se que, há muito tempo, Palop foi visitar a maloca de nossos avós, Pamoiei. Chegou sujo, descuidado, com jeito abandonado e infeliz. Entrou na maloca e foi recebido, mas todos tinham nojo dele, e só o maltratavam. Palop logo se engraçou com uma moça bonita da maloca.

— Quero dormir com aquela menina bonita, quero que deixe eu pôr a cabeça no colo dela e cate meus piolhos! — e indicou a moça sentada numa esteira.

— Nunca vou deixar esse homem imundo ficar perto de mim! — recusou a moça.

— Quero ir fazer cocô! — disse Palop. — E quero que essa moça bonita me leve no lugar certo no mato!

A moça quase vomitou de asco e lhe deu um empurrão. Os outros indicaram um lugar no mato para ele ir fazer cocô sozinho.

Quando Palop tinha fome e pedia a bolacha de milho, *mamê*, só lhe davam comida do chão. Mandavam que comesse no pedaço de panela quebrada onde punham restos para os cachorros. Ele foi ficando triste, mas continuava tentando convencer a moça a lhe fazer companhia.

— Por que esse homem tão sujo fica me perturbando, sempre atrás de mim? Por que é de mim que precisa para fazer cocô, comer ou catar piolho? — resmungava.

— Vá lá junto com ele! — alguém aconselhou. — Talvez esteja assim sujo e descuidado porque tem fome!

Mas a moça, mais irritada ainda, fez cara feia e virou as costas para Palop.

Ele foi ficando triste, magro, sempre espezinhado por nossos avós. Ficou barrigudo, sua barriga inchou — e é desde então que existe gente barriguda, que até morre por causa disso.

Um dia, desprezado por todos, Palop resolveu ir embora para o mato, ninguém soube para onde. Davam-lhe tão pouca importância, que nem repararam na sua ausência.

Passou um tempo, e ouviu-se, ao longe, um visitante tocando uma flautinha "tu, tu, tu...", como é costume, para anunciar a chegada. O povo alvoroçou-se imaginando quem poderia ser.

Era Palop, forte, belo, todo enfeitado, com colares pretos de tucumã, mais alguns de algodão vermelho pintado de urucum, e ainda os de palha, uns em cima dos outros. Seu corpo estava pintado de jenipapo, usava um cocar de plumas brancas de gavião, trazia arco e flechas pintadas e usava um tembetá, uma betiga, feita de resina de jatobá e colocada num orifício em seu lábio inferior. A maloca inteira correu para ele, admirando-o. A moça que o desprezara antes ficou louca por ele, e logo lhe ofereceu uma rede nova, pintada de urucum.

Palop não ligou para ninguém. Parou em frente à maloca e perguntou:

— Quem mora aqui? Quem é o chefe?

Nos primeiros momentos, fez-se silêncio, pois é costume, quando aparece alguém que merece respeito, deixá-lo falar um pouco, para só depois conversar e perguntar. Logo depois, o chefe apresentou-se:

— Sou eu o chefe, moro aqui!

— Vim visitar vocês!

— Entre! Quero você dentro da nossa maloca!

Assim é uma chegada ritual. Palop entrou e logo adivinharam que era o mesmo visitante sujo e desprezível de antigamente. Perceberam o quanto tinham errado em não o respeitar.

Palop falou em linguagem arcaica:

— Sou o pai de vocês, fui eu que fiz vocês, que fiz as árvores, o dia e a noite, o ar, os animais para vocês caçarem, como os caititus, os mutuns, os jacus e todos os outros, eu é que fiz os rios para vocês nadarem e beberem.

Não falava bravo, falava explicando. Palop não fala bravo com ninguém.

— Vem deitar aqui! — nossos avós, Pamoiei, logo penduraram uma rede linda para ele.

— Não vou deitar aí, pois em outros tempos vocês me mandavam dormir no lugar dos cachorros, numa rede rasgada, e é lá que vou ficar! Não vou sujar a rede de vocês.

Nossos avós ofereceram-lhe *makaloba*, bebida fermentada, numa panela nova de cerâmica, bem brilhante. Palop recusou:

— Só vou tomar *makaloba* para vocês não ficarem com vergonha! — dizia. — Mas quero tomar na panela velha, quebrada, que vocês dão para os cachorros.

As pessoas ficaram sem jeito. Palop deitou numa rede suja, num cantinho distante, embora seus adornos fossem os de um chefe. Os da maloca protestaram, querendo homenageá-lo, mas ele, altivo, rejeitava as gentilezas que não tinha recebido como hóspede anônimo.

O encabulamento era geral. Alguém lembrou que os velhos haviam aconselhado a tratar o hóspede sujo com amabilidade. Alguns homens ficaram bêbados e pediram desculpas para ele:

— Não sabíamos que era você...

— Eu não ligo, porque vocês são meus filhos, não tem importância.

Ficaram muito tristes. Já bem tarde, de noite, Palop pediu ao cunhado, irmão de sua mulher, que a levasse embora. Recomendou que fossem na frente, bem depressa, que ele iria depois. Palop insistiu para a mulher não parar no caminho em hipótese alguma, muito menos para esperá-lo.

Quando sua mulher partiu, Palop vomitou debaixo da rede do chefe e da rede de muita gente, sujando a maloca inteira. Ninguém reclamou, sabendo agora quem ele era.

— Já vou embora! — avisou.

A pouca distância da aldeia, Palop atirou uma lasca de rocha na maloca e esta, na hora, se transformou em pedra. Todo o povo ficou preso lá dentro, sem nenhuma porta para sair.

— Quem fez isso conosco? — choravam Pamoiei, nossos avós, lá dentro.

Chamaram Kina, o Periquito, que nesse tempo era gente, e não pássaro, e que tinha um machado de pedra, para ver se conseguia abrir um buraco na maloca de pedra. Kina tentou, mas seu machado quebrou.

Foram, então, chamar as araras, Kaharei, que também quebraram o machado tentando furar a pedra.

Finalmente chegou Serepti, o Pica-pau, que tinha um machado muito maior. Serepti vinha de longe, correndo e tocando sua flautinha, para avisar que chegava. Seu machado resistiu, furando a pedra, e nossos avós foram saindo pelo buraco. Saiu muita gente. Havia uma mulher grávida, com a barriga imensa, e quando foi sair ficou entalada no buraco. Sua barriga arrebentou e ela virou a abelha *armaa*, que dá mel. Ali mesmo a abelha picou todo mundo.

— Por favor, Serepti! Abra outro buraco para nós! — nossos avós imploravam.

O Pica-pau tentou, mas não aguentou as picadas da abelha e foi embora. Nossos avós morreram todos, lá dentro.

Palop, no caminho, encontrou o cunhado, a quem pedira para levar sua mulher embora. Estavam os dois sentados no meio do caminho.

— Não disse para vocês não me esperarem? — ralhou Palop.

E quebrou a cabeça dos dois, que viraram cupim, *wasapoga*, o montinho de barro.

Foi assim que Palop, que nos criou e fez nascer, nos puniu e fez morrer, porque não fomos hospitaleiros com ele, e o desprezamos quando nos visitou sujo na maloca.

A alagação de Malolan, o *goihan* desprezado

Mito gavião-ikolen

Dois homens casaram com as filhas do *goihan*, o espírito das águas, o arco-íris. Um dia, o *goihan* veio visitar um genro. Era um velhinho, andava apoiado na bengala. Cumprimentou:

— Oi, tudo bem?

O genro estava trabalhando perto de casa.

— Eu venho buscar pena para fazer flecha! — mas falou outro nome, o próprio nome: — Venho buscar pena para Padjia.

O genro perguntou:

— Você está bem? Espero que não esteja trazendo nada perigoso para nossa casa! — com respeito, o genro estava perguntando se o sogro não ia fazer algum feitiço ou malefício.

— Não, só que ninguém pode falar mal de mim. Se alguém falar mal de mim, minhas artes podem ser perigosas para vocês.

O *goihan*, Padjia, tinha passado cera de castanha, feita da casca do tronco, nas próprias costas, para enfeitar-se. Queria testar a família da filha, ver se o tratariam com apreço ou iam caçoar.

Esse *goihan* era o mesmo que se dividiu em dois, o arco-íris e o rabo na barriga da menina, só que mudou o nome[1]. Mas era o mesmo Malolan, Malaloa, Padjia.

---

1 Ver os mitos "O arco-íris, a origem do milho e o fruto lolongá", na página 85, e "Mapui, o arco-íris", na página 90.

O genro via apenas um velhinho andando com um bastão. Malolan era novo, mas fingia ser velho. Com respeito, o genro o convidou para entrar. Para o próprio povo, recomendou que não ofendessem o velhinho, não deixassem ninguém falar mal dele. Avisou:

— Estamos recebendo uma visita muito importante na aldeia, o senhor Malolan!

Não adiantou. Quando os parentes viram no *goihan* um velho feio, sujo, malcheiroso, resmungaram:

— Eh, lá vem o velho, todo sujo, como está mal!

O genro arrumou uma rede bonita para o velho, enquanto os outros falavam mal. Pôs num lugar limpo para que não sujasse o pé, para que pudesse ficar sentado na rede. Deu-lhe comida e *makaloba,* bebida fermentada, para beber. Malolan ficou pouco na casa do primeiro genro. Logo foi mais adiante visitar o outro genro.

Na segunda maloca também o xingaram bastante, riram de seu desleixo e fraqueza. O outro genro, no entanto, também o tratou bem. Providenciou uma rede nova, pintada de urucum, branca e vermelha, fiada com algodão da roça, para Malolan deitar. Deu-lhe muitos presentes, não deixou que sujasse os pés no chão. Os outros moradores da maloca, fazendo pouco do hóspede, deram-lhe em vez disso apenas ninharias feias, que pretendiam mesmo jogar fora. O genro o tratou bem, deu-lhe cocar, penas de gavião-real, flechas. Os outros deram penas já gastas, de pássaros sem valor, como mutum, urubu.

Então Malolan falou para o genro:

— Aqui entre as malocas de vocês vão nascer dois buritis. Eu não estou satisfeito com seu povo, não. Estou desgostoso, vou embora logo.

Enfiou uma vara bem num canto da maloca do genro, e mais uma no outro canto. Assim fez nos quatro cantos — nos quatro pontos cardeais. Fez um furo também no centro da casa, perto do pilão e do esteio. Onde punha a vara, a água saía. Saiu um peixe chamado *itxôb*, que foi nadando pelas águas.

Malolan foi à maloca do outro genro e fez o mesmo. A terra foi alagando, ia jorrando água dos furos feitos com a vara do *goihan*.

Entre as malocas dos genros nasceram dois buritis. O *goihan* recomendara:

— Quando nascerem os buritis, vocês devem entrar no olho da palmeira. A árvore vai crescer, vai crescer, vai subir acompanhando as águas. Vocês não vão morrer, mas os outros vão morrer todos.

Do céu, *goihan* trovejou forte. Veio muita, muita água. Encheu o rio, inundando as aldeias. Os que não eram genros dele viraram bichos, viraram lontra, ariranha. Muita gente morreu. As filhas e os genros do *goihan* salvaram-se, pois para os dois genros ele avisara para subirem nos buritis que iam nascer.

— Quando o buriti der fruto, vocês joguem no chão. Pelo barulho, vocês vão saber se ainda tem água. Se cair na terra, vocês vão saber que as águas já secaram — o velho ensinou.

Foram jogando os buritis. No começo, ainda ouviram o barulho de água. Todos os dias jogavam frutos, até ouvirem o ruído do buriti batendo em terra. Desceram do buriti.

Metamorfoses

O gavião, ou o menino desprezado

Mito tupari

Havia um menino que começava a engatinhar. A mãe, um dia, ficou fazendo chicha, bebida fermentada. O menino chorava, chorava o tempo todo. Queria mamar, queria mamar, e a mãe não dava o peito para ele. O menino queria mamar o dia todo, e a mãe nem lembrava direito se tinha um filho ou filha, acho.

Até que o menino parou de chorar e foi perto do fogo, brincar com a cinza. Pegava a cinza e passava no corpo, para segurar penas, para colarem. Quando engrossou o corpo com cinza, o menino levantou, virou gavião. Criou bico, asa, pena.

Quando o menino levantou, a mãe lembrou dele. Queria dar o peito, mas não adiantava mais. O menino voou. Sentou na trave da casa. A mãe saiu doida:

— Por que você faz isso? Olha o meu peito!

— Ah, quando eu chorava, você esquecia de mim — ele respondeu, e saiu voando, voando, ficou rodando, subindo, subindo, até que sumiu. Foi embora.

O pai e a mãe ficaram chorando. Não tinha mais jeito.

Esse é o gavião que está no céu. O pajé conta que quando um pajé toma rapé, ajeita ele lá em cima.

O gavião tem que ficar com a cara para cima. Se abaixar a cabeça, todo mundo adoece, porque ele voou com raiva.

O gavião, o menino desprezado, foi morar com Untaibid, com o arco-íris, no céu.

A anta

Mito aruá

Era uma criança sem pai nem mãe, vivia no poder do tio — era tio no nosso parentesco, não era irmão do pai ou da mãe.

Um caçador foi caçar, matou uma anta. Contou na aldeia que tinha matado uma anta.

O menino acompanhou o tio para ver a anta. Distribuíram a carne da anta para todo mundo. Deram uma moquequinha pequena para o menino, de tripa da anta; o menino botou num canto, esqueceu.

Quando estavam voltando para a maloca, já tendo andado um pouco, o menino lembrou da moquequinha. O tio mandou que voltasse para buscar.

Quando chegou no acampamento para pegar a moquequinha, a tripa da anta já se firmou numa anta e levantou. A anta perguntou:

— O que você vem pegar?

— Vim pegar uma moqueca de tripa da anta!

— Você quer tripa da anta? Então pega aqui!

A anta mandou o menino enfiar a mão no seu traseiro. O menino ficou com o braço preso no ânus da anta, que correu para o mato.

Nada de o menino voltar. O tio, preocupado, foi até o acampamento onde tinham tratado a anta, não achou ninguém. Em casa, contou para a mulher que a anta tinha carregado o menino.

O menino foi crescendo, crescendo, na casa da anta. A anta perguntava que frutas ele comia, ia buscar para ele. As que o menino não comia, a anta é que aproveitava.

A anta foi criando o menino, este crescendo. Era anta fêmea. Ela andava com o menino em todos os cantos, mostrava o mundo todo para ele, todas as águas, as cores das águas. Ia de ponta a ponta do mundo.

O menino estava com mais ou menos uns 15 anos, já formado. O menino tinha carrapato, como a anta — era a joia dele, usava o que a anta usava. Para a anta, o carrapato era um colar.

Passou-se tempo. O tio preocupado, procurando em todo o canto. Um dia surgiu uma árvore, o apuí. A anta comia muita fruta ali. O tio falou:

— Achei um fruteiro de anta. Vamos fazer tocaia e matar a anta à noite.

Fizeram uma tocaia debaixo da fruteira. Na primeira noite, a anta não veio. Na segunda, também não veio. Na terceira, ela apareceu com o menino. Ficou de longe; sabia que tinha gente tocaiando.

De longe escutaram o canto da anta. Ela chamava o menino por um nome aruá, Txoé. Anta no nosso idioma é *wasá*.

Vinha cantando de longe:

— Txoé, Txoé, Txoé...

Deixou o menino meio distante, dizendo que ia comer, porque sabia que havia alguém. Foi comendo, comendo, o tio esperou ela chegar mais perto e flechou. A anta correu. O tio foi atrás e agarrou o menino.

Este já estava quase virando anta. Já não gritava como criança, mas como anta. O tio o levou.

O menino morreu na mata, porque não tinha mais o costume de ficar entre os homens. O pajé, tomando rapé, o ressuscitou. Não deixaram mais que andasse sozinho na mata.

Essas tias não têm nada que fazer e foram tirar carrapato do corpo do menino. Ele contava para as tias e os tios como a anta o tinha criado, tudo o que tinha visto no mundo, as várias frutas que comera, como a anta o levara a todos os lugares.

A tia tirou o carrapato de cima do coração do sobrinho. Quando arrancou, o menino morreu, não ressuscitou mais. O menino foi embora, para ser o Dono das Antas. Morreu, mas foi ao lugar onde tinha crescido com a anta. Seu espírito, *txicotiri*, foi ficar com as antas e não voltou mais.

A mulher-lesma

Mito macurap

Um moço vivia sozinho, sem namorada. Não havia mulher que pudesse casar com ele, quase todas as solteiras da aldeia eram parentes proibidas. As que não eram não o queriam. Não sei se era feio, ou se as mulheres achavam que era preguiçoso... Sofria muito, caminhando sozinho pela mata.

Um dia viu um caracolzinho, uma lesma, subindo pacientemente por um tronco. Andava de pouquinho em pouquinho, subia sem se importar de ser lenta, ia alcançando o alto. O rapaz ficou olhando, admirado, não despregava os olhos da lesminha.

— Ai, bem que essa lesma paciente podia virar mulher para casar comigo!

Mal acabara de falar, viu uma mulher linda ao seu lado, da cor da lesma, meio clara.

— O que você disse para mim? — inquiriu a moça.

— Eu não disse nada!

— Disse, sim! Que queria casar comigo?

— Veja só! Eu estava era falando com a lesma!

— Pois eu sou a lesma, e atendi ao seu pedido!

Espantadíssimo, ele abraçou a moça, levou-a para casa e apresentou-a à família como sua mulher. Virou um homem feliz, risonho. Não lhe faltava mais nada.

A nova esposa era trabalhadeira. A comida dela era a mais gostosa da aldeia, a mais doce — todos elogiavam. Mas havia um senão: esperava ficar sozinha na maloca, quando todos iam à roça, para cozinhar a chicha do marido. Então, em vez de buscar água, virava lesma outra vez, e soltava gosma, muita gosma, dentro da panela de batata, para adoçar a chicha.

Ninguém via, e assim era todo dia, o marido contentíssimo.

Um dia, a sogra da lesma, a mãe do rapaz, voltou para buscar um cesto que esquecera, ou talvez para espiar a nora estrangeira, misteriosa, que só cozinhava sozinha, recusando a sua ajuda.

Foi um escândalo, a sogra berrou chamando os outros, com nojo da nora:

— Meu filho está comendo gosma de lesma, é essa a sopa que nos oferece, a chicha da minha nora nojenta!

Deu um barulho no ar e a moça desapareceu. Virou caracol outra vez, lesma, subindo o esteio da maloca. O rapaz ficou desesperado, mais infeliz do que era antes.

O caçador de queixada

Mito gavião-ikolen

Os caçadores gostavam é de caçar queixadas. Gostavam das gordas, não matavam as magras.

Um dos caçadores examinava os porcos que passavam, insultava os magros. Toda vez que passavam as queixadas, só matava uma bem gorda.

Um dia ouviu-se o barulho do bando de queixadas perto da maloca. O moço que só gostava de queixada gorda pediu para o *wãwã*, o pajé da aldeia:

— *Wãwã*, mostre um porco bem gordo para eu matar. Não aguento mais esses que são só um feixe de ossos, magrinhos, de fazer dó...

— É perigoso você xingar a caça desse modo! — avisou o pajé. — Um dia as queixadas vão mandar algum castigo. Vá caçar, mas com cuidado, sem falar mal dos bichos!

Os caçadores ficaram espreitando a vara de porcos de um lado da mata, o moço postou-se do lado contrário. Ficava escolhendo; só vinham porcos magros, ele desprezava. Veio vindo um porco bem gordo, grunhindo alto, como quem o chamasse. O moço flechou, o porco imenso passou debaixo de suas pernas, carregou-o com flecha e tudo, como se fosse um cavalo. O rapaz cavalgava o porco, mas de costas, com o rosto para trás. O porco mandou-o sentar direito, olhando para a frente.

O porco, mesmo flechado, não estava machucado, pois era espírito. Estava levando o caçador arrogante por ordem do pajé da aldeia, como castigo.

Viajaram muito, muito tempo. Tanto tempo, que da pele do rapaz já saía cabelo, pelo, estava virando porco. Passavam por onde havia fruteiras, o fruto *mamdirim wan*, que tanto gente como porco adora comer. Numa das fruteiras, o rapaz pediu para o porco:

— Deixe-me descer de suas costas, vou apanhar essa fruta, subir na árvore, vou jogando para você comer.

O caçador conhecia esse pé de fruta, sabia que estava perto da maloca. O porco deu licença para ele subir.

Ficou no alto da árvore, jogando *mamdirim wan* para o porco comer. Jogou, jogou, a queixada comendo. O rapaz foi descendo, juntando muita fruta, enganando o porco, sem deixar perceber que estava descendo. Mal alcançou o chão, correu, fugiu em direção à maloca. Correu tanto que se cansou.

Parou na maloca do homem que se chamava Dün, o pássaro nambu-relógio.

— Você está com frio? Vou acender fogo para nós — o nambu-relógio o convidou para entrar.

Saindo da casa de Dün, foi à maloca de Bübü-a, outro nambu, um pássaro preto. Fizeram fogo para ele, já que estava com frio, sem fogo, sem lenha.

De lá passou pela maloca do homem-*watzakuri*, homem-tamanduá. *Watzakuri* ofereceu-lhe *makaloba*, tomou muito, ficou com a barriga bem forrada.

Em seguida parou na maloca de Amoa, homem-jabuti. Havia muito carrapato na aldeia do homem-amoa. O caçador, que já estava virando um homem-queixada, pegou muito carrapato. Continuou a viagem.

Era uma viagem longa... Chegou na maloca do homem-*mandzoi*, homem-tatu. Este, como todos os donos das casas anteriores, confirmou que estava indo na direção certa, no rumo da sua maloca. O homem-tatu ofereceu:

— Você usa betiga?

— Uso.

— Então aqui está uma betiga de presente para você.

O homem-*mandzoi,* homem-tatu, pôs uma betiga no homem-queixada, que ficou com um belo adorno pendurado no beiço. A betiga do homem-tatu era minhoca.

Nessa aldeia havia muito mosquito, muito borrachudo. O homem-queixada foi todo picado.

Já estava conhecendo os lugares, já estava chegando pertinho da sua maloca. O porco parara de andar atrás dele, já o largara. Ele mesmo, agora, já estava falando igual à queixada, e sua irmã o ouviu conversando. Sabia que era o irmão, voltando como um porco. Deu-lhe *makaloba,* admirou sua betiga pendurada, uma minhoca de enfeite. Tirou do beiço dele. Contou-lhe que, enquanto estava viajando nas costas da queixada, seu filho tinha morrido. Ficou tristíssimo, mas que fazer?, já tinha acontecido.

Vieram muitas queixadas procurá-lo na maloca, mas ele não era bobo de aparecer, sabia se esconder. Aos poucos, foi voltando ao normal, o *wãwã* ajudou-o a virar homem de novo. Sem o pajé, seria porco para o resto da vida. Já estava andando com quatro pés, reaprendeu a andar nas duas pernas.

Ai-ai, o sapo-untanha

Mito suruí

Conta-se que um homem, há muito tempo, foi caçar com seu filho. Viram uma toca de tatu, um buraco no chão. O pai disse ao filho:

— Amanhã voltamos para caçar esse tatu.

O caçador não percebeu que o Mekô, a onça, estava escondido, ouvindo tudo.

No dia seguinte voltaram ao mesmo lugar e o pai pôs-se a cavar o buraco. Cavava, cavava, e nada de encontrar o tatu. Foi cavando cada vez mais fundo, e o tatu lá dentro, com preguiça de sair.

O homem cavou tanto que entrou no buraco, ainda sem achar o tatu. O menino ficou esperando fora.

— Pai, vamos embora, já está chegando o pôr do sol! — avisou o garoto, com fome, cansado de esperar.

— Espera aí, deixa eu tirar pelo menos um pedacinho de tatu para nós comermos! — o pai continuava cavando.

— Pai — chorava o menino —, não aguento mais, minha barriga está doendo! Já está escurecendo!

Contam que não era mais o pai, era o Mekô, a onça, que já tinha comido o homem e se escondido lá dentro.

— Pai! Está escuro! — insistia o menino, aflito.

— Espera aí, já estou tirando um pedacinho de carne para levar para casa, só mais um pouquinho de paciência!

Dizem que, finalmente, quando já havia anoitecido por completo, ele saiu do buraco e pegou o menino no colo para carregá-lo nas costas.

O Mekô tinha comido o pai do menino, só guardara a cabeça, fingindo que era o tatu. Embrulhou a cabeça do homem em folhas e pôs no cesto, com o menino em cima.

Contam que aquele que carregava o menino fazia o barulho dos bichos da noite, o coaxar dos sapos, ao qual as onças respondem do mesmo jeito: "*Tang, tang... morib pekãi kãi*"...

"Por que será que meu pai está arremedando os bichos da noite", pensava o menino, nas costas dele, "se em casa ele não é assim?"

O pai respondia à fala dos animais noturnos da floresta, na mesma linguagem que só à noite existe.

Chegando em casa, o menino chamou a mãe:

— Meu pai está estranho hoje, está imitando o barulho da minhoca ao escurecer, a minhoca que de dia não fala, só de noite...

Quando chegaram na maloca, o Mekô, o suposto marido, viu acesa a vela de resina daquela-com-quem-ele-brincava-sempre, da sua mulher.

Contam que ele pediu para sua mulher, aquela-que-brincava-com-ele:

— Apaga a luz antes que eu apareça, para eu poder namorar você...

Ela soprou a vela de resina e apagou a luz. Não era costume deles apagar a luz para namorar, mas ela fez o que ele pediu.

— Vai cozinhar, pôr água no fogo para preparar nossa comida, o tatu que eu cacei... — Mekô falou para ela. Pegou o embrulho com a cabeça e jogou para ela lavar e cozinhar.

— Ei! Mãe! Por que será que meu pai falava como os bichos, fazia os barulhos de onça e sapo, enquanto me carregava nas costas? — o menino perguntou outra vez.

— Ai, meu filho! Não é seu pai não, acho que é a onça que comeu seu pai e ficou no lugar dele! — ela falou para o filho. — Estou sentindo com a mão que esse embrulho não é tatu, é a cabeça do seu pai, que o Mekô já comeu!

Disfarçando o choro, ela virou-se para o suposto marido e respondeu:

— Espera aí! Eu vou buscar água para ferver e cozinhar o tatu!

Pegou o menino e a panela de barro, e correram para o rio. Lá, ela encontrou o sapo-untanha, o Ai-ai, que cantava em cima da árvore, perto do rio onde as pessoas se banhavam, com seu canto especial: "Ai... ai...".

— Amigo Ai-ai! Sapo-untanha! — chamou. — Será que você é capaz de matar quem matou meu marido, matou o-que-me-namorava-todo-o-dia, você não quer me vingar, ô Ai-ai, ô sapinho-untanha? — ela falou chorando. — Foi a onça que comeu o-que-brincava-comigo, o meu marido...

O sapo-untanha gostou:

— Mato, sim... Vem aqui...

Ai-ai pôs a moça e o filho dentro de um cesto para subirem à sua casa, no alto da árvore, e içou-os.

Levou-os lá para o alto.

O Mekô, cansado de esperar a mulher voltar com a água, foi atrás dela. Logo viu o Ai-ai.

— Será que passou por aqui uma mulher com um menino, ó meu tio? — o Mekô perguntou ao sapo-untanha.

— É... Quer dizer, não...

— Não vá contar que estou aqui... — a mulher implorou ansiosa ao Ai-ai.

— Este fio mostra que ela anda por sua casa — disse o Mekô. (Antigamente, por onde as pessoas andavam, havia um fio, como que uma corda, no seu rastro.)

— É... eles andaram por aqui...

— E como é que eles subiram até a tua casa? — perguntou a onça.

— Vieram até aqui em cima de cabeça para baixo!

Conta-se que, então, a onça subiu até a casa do sapo, de cabeça para baixo, com a bunda para cima. Subiu agarrando a árvore, com a cabeça para baixo e o traseiro para cima. Conta-se que já estava bem pertinho da casa.

Ai-ai, o sapo-untanha, tinha uma lança e uma borduna. Quando só faltava um nadinha para Mekô chegar na sua casa, o sapo untanha furou-o com a lança bem na coxa, onde tudo é molinho. Mekô caiu morto.

— Matei a onça, pode ficar sossegada! — Ai-ai disse para a mulher. — Case comigo, agora!

Casaram, e a mulher levou-o para sua aldeia, para a maloca de sua mãe. Durante o dia, guardava o sapo dentro de uma flauta, uma taquara curta.

— Ei, mãe, eu trouxe um homem para me namorar! — contou para a mãe. — Trouxe, de verdade, alguém que brinca comigo...

Mas não mostrou o namorado para a mãe. Contam que ela guardava a taquara num canto da maloca, no lugar onde dormia, onde punha a cabeça. De dia, tinha que deixar o Ai-ai na taquara, porque o sapo só vive de noite, e só à noite vira homem.

A moça sempre recomendava à mãe que não mexesse na taquara.

Um dia, quando ela saiu para ir à roça, a mãe pôs-se a varrer a maloca e deixou cair a taquara com o sapo, destampando-a.

Contam que o sapo-untanha saiu pulando, pulando, pulando e correu para o mato.

— Ah, o que minha mãe foi fazer comigo, me fez perder um homem tão bonito, com quem nem tive tempo de ter filhos...

Ela foi procurá-lo, mas não o encontrou.

— Você fez perder-se para mim o-que-me-namorava--toda-noite, o que matou meu inimigo... — a moça chorava para a mãe.

No mato, o sapo-untanha gritava de tristeza:

— Ai-ai... Ai-ai... A mãe do meu amor me mandou embora... Ai-ai...

Mães, gravidez e espanto

Naoretá, a mãe-cachoeira

Mito tupari

Arekuaion, o pajé, tinha duas mulheres. Com uma delas, tinha um filho e uma filha, e com a outra não tinha filhos. Gostava mais dessa mulher, e só andava com ela, trazendo-lhe frutos, presentes, iguarias. Para a mãe de seus filhos, quase não dava nada.

Um dia, foram todos à floresta, buscar petiscos. Arekuaion viu abelhas e derrubou uma árvore. Tirou muito mel da colmeia e foi pondo nas vasilhas de cada um. A mulher preferida recebeu quase tudo; a outra, a que era mãe, não recebeu quase nada.

— Você só dá mel azedo para mim! — reclamou. — Também quero do bom para os meus filhos!

E Naoretá, assim se chamava a mãe dos filhos de Arekuaion, enfiou a mão na cabaça para pegar o mel que lhe era devido.

Arekuaion, para castigá-la, prendeu sua mão na abertura da cabaça.

— Ai, meu braço está engatado, colado à cabaça, não sai mais! — chorava Naoretá.

Fazendo força para tirar o braço, Naoretá entornou a cabaça, derramando todo o mel, que virou muita água, transformando-se num rio. Naoretá virou cachoeira, e a árvore de mel, uma grande pedra.

Arekuaion foi embora com seus filhos, que eram pequenos e não sabiam onde estava a mãe.

Um dia, Arekuaion, o pajé, foi visitar outra maloca, para "rezar" a comida de uma mulher recém-parida, fazendo o nenê ter saúde e afastando espíritos maléficos. Seus filhos foram brincar, gritando e fazendo algazarra. A outra mulher de Arekuaion, brava, ralhou com eles:

— Calem a boca! Em vez de fazer barulho, façam silêncio para escutar a mãe de vocês, que nunca mais vocês vão recuperar, que virou cachoeira!

No começo acharam que a outra mulher só estava inventando maldades, mas depois pensaram que podia ser verdade. E um falou para o outro:

— Agora, quando o bicho (não se referiam mais ao pai como pai, e sim bicho) nos chamar, não vamos mais obedecer, vamos procurar nossa mãe.

Quando o pai chegou, as crianças estavam quietas na rede, tristes, pensando no que a mulher tinha falado. Arekuaion trouxera um bocado de carne de tatu, para comer junto com o bicho-de-palheira e com nosso tacacá, *paú*.

Chamou-os para comer. A menina queria descer da rede, mas o menino falou:

— Você não vai não! Essa mulher não é nossa mãe!

E não foram comer de jeito nenhum. Arekuaion esbravejou com a mulher, adivinhando que ela tivesse maltratado as crianças, mas ela negou.

Nenhum dos dois comeu nada, só pensando em sair no dia seguinte atrás da mãe. Quando amanheceu, fizeram fogo no terreiro, e levaram folhas de tabaco para fazer cigarros, dentro do mariquinho, da bolsinha de palha trançada, da menina. Lá foram eles procurar a mãe.

Chegaram à beira de um rio, um estirão para todo o lado. Ficaram pensando em que direção seguir. O menino acendeu o cigarro e assoprou em cima da água. O rio foi secando, secando, ficou só o chão, bem torrado, só por causa da fumaça de Arikapoa, o filho de Arekuaion.

Foram andando onde estava seco, andando, andando. Cada vez que havia água, sopravam mais fumaça. Assim chegaram até a cabeceira do rio, mas nada acharam.

— Então nossa mãe deve estar debaixo disso tudo — pensaram.

Andaram mais, soprando, soprando, secando as águas. Quando sopraram um dos últimos cigarros, chegaram bem onde estava Naoretá, e viram a água em rodamoinho, girando, girando.

— Aqui está nossa mãe! — gritaram alegres. Sopraram de novo e viram a mãe com o braço preso na cabaça. Com a outra mão que estava livre, Naoretá mandava os filhos voltarem à aldeia para escapar dos perigos.

— Não, mãe, viemos buscar você! — eles protestaram.

Arikapoa fumou um cigarrão, esfregou a mãe, soprou, e desmatou a beira do rio. Fez casa, roça, plantou macaxeira, milho, todas as plantas. Apareceram já prontas, nem foi preciso esperar a roça crescer.

— Vamos ficar morando por aqui, mana — disse Arikapoa —, para tirar nossa mãe.

Deixaram só um pouco d'água para a mãe ficar. O resto secaram, e fizeram roça.

Fizeram, então, uma chicha grande, bebida fermentada, para chamar muita gente que ajudasse a salvar a mãe. Chamaram todos os pássaros, o pica-pau, o mutum, o cujubim, etc. Chegaram todos, e foram dormir em duas malocas grandes que Arikapoa tinha construído.

— Quero que vocês soltem minha mãe! — pedia Arikapoa, e prometia retribuir em comida.

Todos ficaram pelejando para tirar a mão de Naoretá da cabaça de pedra, mas não conseguiam. Sempre quebravam o machado.

Havia dois irmãos pica-pauzinhos, *sikinã*, que nem estavam ligando. Ficavam só brincando. Arikapoa não lhes dava comida, porque eles não ajudavam. Para os outros, saía muita comida. Num certo momento, *sikinã* falou para seu irmão:

— Vamos soltar a mão dessa mulher. Todo mundo passa bem e nós passamos mal.

Todos os outros pássaros já tinham quebrado seus machados, já estavam cansados, quando os *sikinã* entraram, decididos a também arriscar os próprios machados. Bateram na pedra, e voaram lascas para todo lado, em todos os cantos, na cara das pessoas. Ficou visível a mão de Naoretá, já solta.

Arikapoa tirou a mãe, levou-a para casa. Assim que ela chegou em casa, engrossaram muita comida para *sikinã*. Mas os dois *sikinã* não comeram, de raiva de não terem sido bem aquinhoados no começo. Vinha pato, galinha, ovo, e eles recusavam. Acabaram indo embora sem comer.

Os outros pássaros se espalharam, depois de muito comer. Comeram à toa, nem tinham feito nada para receber comida.

A mão de Naoretá ficou marcada, quase estourou.

Um dia, Arekuaion foi até a maloca do filho. Arikapoa tinha saído para caçar. Arekuaion pediu para Naoretá catar seus piolhos. Deitou no colo dela, e Naoretá ficou catando os piolhos da cabeça de Arekuaion. Nisto, Arikapoa chegou:

— Quem mandou esse homem vir aqui em casa? Aqui não pode!

Arikapoa tinha um pássaro de criação de bico e rabo branco, *kapoa* (possivelmente o japó), parente do japim, que come mamão da roça. Ordenou-lhe:

— Vai furar a cabeça desse desgraçado! — (não dizia mais pai, não).

O pássaro voou, sentou na cabeça de Arekuaion e furou-a.

— Está doendo, tira esse bicho daí, ele está furando minha cabeça! — gemia Arekuaion.

O pássaro furou o osso da cabeça de Arekuaion, tirou o miolo no bico, e depois saiu voando. Mas a cabeça de Arekuaion fechou outra vez, e ele foi embora para casa. Naoretá ficou sem marido.

O ovo herói e o pai-mutum

Mito zoró

As moças foram para a casa de Patxir-ti. A mãe de Patxir-ti era onça, a dona de todas as onças.

— Minha mãe saiu para caçar — avisou Patxir-ti. — Não é bom vocês ficarem aqui comigo! Minha mãe é muito brava. Vai chegar da caça e pedir para vocês tirarem espinhos do seu pé; façam de conta que encontraram e estão arrancando. Não há espinho algum, mas mintam. E não riam em hipótese alguma, senão ela se enfurece! Ela vai peidar, um peido com um barulho esquisitíssimo, mas não se pode rir.

A moça séria acreditou, a brincalhona não.

De longe, a mãe-onça sentiu o cheiro das moças:

— Parece que estou sentindo o cheiro da minha comida!

— Que nada, mãe, esse cheiro é meu mesmo! — Patxir-ti tentou retrucar, mas acabou reconhecendo que eram as moças:

— Mãe, é verdade, esse cheiro é das moças.

A onça chamou-as para tirarem espinhos. A moça séria fazia de conta que tirava espinho. De repente, a onça começou a peidar, a brincalhona riu. A onça não gostou nada, mas a maluquinha continuava disparando na risada. Quando a onça reclamou, ela explodiu, sem lembrar das recomendações:

— Não tem nenhum espinho no seu pé!

A moça comportada cutucou-a disfarçadamente. Era tarde. A onça, raivosa, pôs as moças no pilão, socou-as. Saiu um ovo de dentro da barriga de uma delas, o ovo que fora gerado pelo mutum, Wakoy-ti.

Num cantinho da casa estava a esposa de Patxir-ti, que era prima das duas. Viu o ovo pulando do pilão e tomou-o, escondendo-o dentro do algodão. A onça caiu em cima:

— Quero esse filhote!

A outra não quis entregar.

Depois que a onça matou as duas moças, vinha sempre um mutum chorar de saudade da mulher assassinada. Chorava todos os dias. Foi passando o tempo, continuava chorando e falando:

— Como pode uma castanheira bonita morrer?

Porque a moça era gorda e bonita, ele a chamava de castanheira.

O ovo dentro do algodão virou filhote, e a onça vivia pedindo-o para a mulher que o criava. Era o ovo que saíra da barriga da moça morta. Era muito quente dentro da cestinha, e ele virara um bebê de verdade. Deram-lhe o nome de Txongüp. Foi esse seu nascimento.

Aprendeu a caçar. Todo dia o mutum chorava. Txongüp, já rapazinho, ouvia o choro, pensou em matar o mutum. Olhou para cima, viu o mutum pousado na árvore. O menino sem querer fez um barulhinho, o mutum o viu:

— Não me mate, sou seu pai!

Desceu, tirou as penas, transformou-se no homem-Wakoy-ti, no homem-mutum. Os dois choraram muito de emoção e saudade da mãe morta.

— Sua avó[1] é que matou sua mãe! — contou o mutum.

O menino chorou muito; até então nem soubera quem era sua mãe. Conversaram sem parar.

— Mate quem matou sua mãe, faça isso por mim! — pediu o mutum. O menino prometeu.

— Leve a cobra — sugeriu o mutum. Sabia assobiar para chamar as cobras. Os dois puseram uma cobra dentro da pa-

1 Os parentescos são tão próximos entre os Zoró, que a onça, mãe de Paitxir-ti e sogra de sua esposa, que tem as duas moças como primas, é considerada avó do filho de uma dessas duas moças.

lha, toda enrolada. — Ponha a cobra num lugar onde a onça mexa sempre. Se ela não morrer, me avise.

O menino pôs a cobra camuflada dentro do paneiro da avó-onça.

— Vovó, trouxe um bichinho de estimação para mim, guardei dentro do seu cesto!

Quando a avó abriu a palha, a cobra picou-a.

— Meu neto, esse bicho a gente não cria! Não é para criança! — zangou-se a velha onça.

O menino ficou triste; a avó, desconfiada. Como a avó não morreu, o menino aproximou-se da árvore de onde o mutum descia para transformar-se em gente.

— Diga para ela que você quer comer o coquinho do babaçu! — disse o pai-mutum.

O menino pediu para a onça. O mutum recomendara ao filho para cortar o coqueiro de forma a cair bem em cima da onça, dar o talho com o machado na direção certa.

— Cuidado, vovó, saia da frente! — o coqueiro caiu bem em cima dela, mas ela conseguiu segurar.

Nada matava essa onça. O menino fez de tudo, não adiantava. O mutum fez outro plano: era para o menino pedir à onça que trouxesse lenha para ele acender um fogo.

O menino acendeu o fogo, sentou perto. A onça veio para se esquentar. Txongüp encostou um pedaço de lenha nas costas dela. A onça gritou; Txongüp percebeu que ela tinha medo!

— Menino, não mexa com fogo! — zangou a onça.

Txongüp foi ver o pai, dizendo à avó que ia matar o mutum.

— Ah, meu neto, o mutum fez a tua cabeça, disse alguma mentira! — desconfiou a avó.

No outro dia, o menino disse que estava com frio. A avó fez fogo. O mutum dissera para o menino cortar o coquinho, tirar o gongo, a larva comestível, e pôr no fogo, pedindo para a avó ajudar a tirar. O fogo ficou bem alto, Txongüp jogou o gongo no fogaréu.

— Vovó, meu gongo está queimando!

— Por que você faz essas artes? — reclamou a avó, tentando ajudá-lo a tirar do fogo.

Txongüp a empurrou na fogueira. A onça caiu e morreu queimada. Txongüp fugiu com o pai.

O arco-íris, a origem do milho e o fruto lolongá

Mito suruí

— Vamos catar caranguejo! — combinaram duas mocinhas, ambas já quase na puberdade, na idade de ficarem *akapeab*, isoladas numa maloquinha, de resguardo por causa da primeira menstruação.

Na beira do rio, acharam um ovo do passarinho *imaxubxub*, o papa-formigas. Uma das meninas pegou o ovo, quebrando-o. O líquido pulou para sua vagina, e ela engravidou.

Sua barriga foi crescendo, crescendo, e ninguém sabia quem era o pai. Ela afirmou à mãe que não tivera namorado algum. Pouco depois, sua companheira se casou, e também engravidou.

Era a época das chuvas, e as duas gostavam de passear pelo mato para apanhar frutinhos lolongá, vermelhos e cheios de sumo. Quando chegaram perto da árvore, os frutinhos caíram em penca, aos pés da menina grávida do passarinho.

Dentro de sua barriga, o nenê por nascer pediu:

— Venha sozinha apanhar lolongá! Não traga mais sua companheira!

No dia seguinte, então, quando a outra a convidou para sair, ela respondeu que estava com preguiça. Mal a companheira virou as costas, esgueirou-se apressada até a árvore do lolongá.

Subiu na árvore, deitou num galho e abriu as pernas. O nenê alegrou-se:

— Ei, mãe, como você veio sozinha, vou apanhar frutinho para você!

Saiu do ventre, bem esticadinho como se fosse um fio de algodão, tirou muitos frutos, e os fez cair no chão. Em seguida voltou para a barriga.

A moça comeu bastante, levou um cesto cheio para a maloca, e disse à amiga que o macaco derrubara os frutinhos. A outra foi à floresta, mas não achou nada.

— Por que só você consegue trazer tanta fruta?

— É que cato tudo que fica no chão, soterrado debaixo das folhas secas! — explicou a menina.

Todos os dias ela saía sozinha, e ninguém sabia aonde ia, nem conseguia entender por que voltava tão carregada de frutinhos.

Desconfiada, a amiga pediu aos parentes para irem espiar a moça às escondidas. Foram várias pessoas, entre as quais um rapaz que gostava da menina misteriosa e queria casar com ela. Dissimulados na folhagem, viram uma cena espantosa.

A moça do ovo do papa-formiga estava deitada num galho da árvore lolongá, com as pernas bem abertas. Seu filho saíra do ventre para apanhar frutinhos — e não era como gente, era uma luz colorida, um fio que saía da vagina da moça até o céu. Cada vez que os frutinhos caíam no chão, para serem apanhados, aparecia um verdadeiro fogo multicor nos céus.

Nesse dia, o nenê, o filho do passarinho, estava muito assustado:

— Por que estou com tanto medo hoje, minha mãe? Sinto uma presença estranha, como se alguém estivesse nos espiando no meio do mato. A sua família conseguiria chegar até aqui?

— Acho que você tem medo à toa, meu filho! — a menina respondeu. — Há tantos dias fazemos a mesma coisa, e ninguém percebeu.

Os parentes voltaram à maloca e disseram ao pai da moça:

— É tão estranha sua filha; sai uma luz colorida do meio das pernas dela!

O moço apaixonado pela menina do lolongá vivia triste com o que acontecia. Seguiu-a disfarçadamente, dessa vez levando um machado.

O filho do passarinho saíra do meio das pernas dela, iluminando os céus e catando frutinhos, mas estava com muito medo:

— Mãe, por que meu coração bate tão depressa hoje, tão apavorado?

O pretendente, num átimo, cortou o estirão de luz, o filho do passarinho. Ouviu-se um estrondo, e o nenê virou o arco-íris no céu. Só um restinho dele voltou para o ventre da mãe.

A gravidez continuou, nasceu um nenê e a menina ficou na aldeia, numa pequena maloca de isolamento, como é costume, junto com sua companheira, que também dera à luz.

O nenê, filho do passarinho ou do arco-íris, cresceu de repente, da noite para o dia, virando homem, e fez uma roça imensa para a mãe, derrubando uma área sem-fim de floresta, onde plantou muito milho — planta que os índios ainda não conheciam. Entregou milho à moça:

— Veja como é gostoso, mãe!

A moça passou a estourar os grãos de milho, como pipoca.

Um dia, sua mãe, do lado de fora da maloquinha, viu os grãos vermelhos, parecendo brasa, e estranhou:

— Cuidado, minha filha! Que é isso pulando como fogo na sua casa? Não vá queimar meu neto!

A moça a tranquilizou:

— Não, mãe, é só um pedaço de lenha que está queimando, soltando essas fagulhas de brasa...

Assim, a existência do milho ficou secreta.

Ora, o dono da roça, o filho do passarinho ou do arco-íris, criava um macaco-prego, que roubou uma espiga de milho e levou a todas as casas. Foi um encantamento, a aldeia inteirinha só queria comer milho.

Não paravam de perguntar à moça onde apanhara o milho-verde, uma iguaria tão boa e desconhecida. Cansada de tanta insistência, ela desvendou ao pai o mistério — omitindo, apenas, que ganhara espigas, pois mulheres com recém-nascidos só podem comer os grãos de milho e não devem tocar nas espigas. O pai não podia adivinhar que o filho dela já virara homem feito, e que ela já estava livre das regras alimentares às quais a mãe de um recém-nascido tem que obedecer.

O pai, orgulhoso, gabou-se para todos os parentes de que a filha tinha uma roça imensa de milho, convidando-os para irem colher. A maioria das pessoas tirava as espigas com uma forquilha, para não quebrar as plantas; a mulherada, porém, arrancava as espigas sem cuidado, de qualquer jeito, esganada.

As mulheres sem homem, solteiras, foram à roça e fartaram-se de tanto comer milho, enchendo os balaios. Iam cada vez mais longe, aventurando-se pela roça. A derrubada do filho do arco-íris ou do passarinho era tão grande, porém, que elas jamais chegavam ao fim, e acabaram por perder-se. Perdidas na roça, berravam umas para as outras, desesperadas:

— Ho! Ho! Ho! — e foram se transformando em rolinhas, *kape*, que gritam assim.

Quando os parentes vieram procurá-las, encontraram apenas as rolinhas, que antes não existiam.

Mapui, o arco-íris

Mito arara

Uma mulher, que já tinha um filho, ficou grávida. Desta vez estava magrinha, magrinha, não comia nada, só comia barro. Não sabia por que estava tão magrinha, o menino não havia meio de nascer. Queixava-se para o marido:

— Não sei por que este nosso filho está demorando tanto para nascer! Minha barriga não mexe, nem começa a doer, como da outra vez!

Um dia foi sozinha andar pelo mato, passou perto de um pé de jatobá. O bicho dentro da barriga (era um nenê na barriga, mas como um nenê sem nascer pode falar?) pediu:

— Eh, mamãe, deixa eu subir para pegar o jatobá, você está tão magrinha, precisa comer...

Ela se assustou tanto que quase desmaiou. Nunca ouvira dizer que havia nenê que falasse antes de nascer, dentro da barriga... Não via o moleque... Abriu as pernas e, quando olhou, viu o bicho saindo de sua vagina e trepando para cima do pé de jatobá.

O bicho era como uma cobra, como uma sucuriju. Era o arco-íris, Mapui; assim nós chamamos esse bicho, mas era a cobra também.

A mãe ficava de pernas abertas para o bicho sair. Mapui, o bicho-filho, dizia para a mãe o segurar, para não o derrubar, enquanto subia na árvore para buscar os frutinhos. Que medo ela sentiu... Também nós, quando ouvimos essa história, temos pavor, só de pensar em uma mulher com uma cobra na barriga...

Ela não comia nada, magrinha, magrinha, então o filho arco-íris, Mapui, derrubou uma porção de frutos para ver se ela comia e engordava. Quando já tinha espalhado muitos jatobás pelo chão, o filho-bicho desceu da árvore, entrou pelo meio das pernas dela e voltou para o ventre.

De volta à maloca, chorando muito, ela contou para o marido:

— Este nosso filho não é gente, não!

À tardinha, o marido pôs-se a amolar um terçado. No dia seguinte, a mulher caminhou de novo pelo mato, no rumo do pé de jatobá. O marido foi atrás, escondido, ficou meio longe, espreitando. Quando o menino-Mapui, a sucuriju-arco-íris, pediu para sair da barriga e subiu no pé de jatobá, ele mais que depressa cortou, picou o filho com o facão. Ficou uma porção de pedacinhos, e ele deixou por lá mesmo.

Não se passaram nem dois dias e os pedacinhos viraram gente. Quem passava por lá via uma porção de homens trabalhando, construindo malocas, usando pupunha e taquaras para fazer arco e flechas, preparando roça.

O filho mais velho da mulher magrinha foi lá ver. Os seus irmãos, os filhos arco-íris, mandaram um recado para a mãe, pediram que viesse comer bastante da roça deles, da caça que matavam, porque ela estava muito magrinha.

O menino contou o que vira e ouvira para a mãe, mas ela só respondeu:

— Aqueles meus curumins não são gente, não... Não vou lá nos bichos, não.

O filho mais velho voltou lá outras vezes. Os irmãos o convidaram para morar com eles. Queriam que ele levasse a corda de algodão, feita do algodão que plantavam, para a mãe. Nesse tempo os índios ainda não tinham algodão, andavam nus. Essa gente Mapui, feita dos pedacinhos do arco-íris, é que começou a plantar o algodão e a andar de roupa.

O menino mais velho contou para a mãe como os irmãos tinham muita comida, como tinham roupa, como eram bons e viviam convidando a ele e à mãe para morarem nas malocas novas que estavam construindo. Queriam amarrar a roupa no corpo da mãe, para ela ficar bonita... Mas ela repetia que não eram gente, que eram bichos, que filho animal ela não queria...

Eles ficaram sabendo que eram rejeitados, e um dia em que ela se aproximou da maloca deles, dizendo que não eram gente, mataram a mãe a pauladas.

Esses índios do arco-íris, Mapui, pedacinhos de sucuriju, é que viraram brancos, "civilizados", *itü*, como dizemos. Até hoje os Mapui têm roupa, os índios continuaram nus. A mãe tinha medo de ir lá, não queria saber deles, acabou sendo morta pelos filhos.

A mulher-pote

Mito arikapu

Antigamente não existiam potes de barro.

Uma moça queria fazer chicha e não tinha panela. A mãe virou pote para a filha cozinhar.

Um homem espiou a mulher se transformando em pote e foi logo contar ao marido da moça:

— Tua mulher faz chicha com o corpo da tua sogra! Essa velha cheira mal, você bebe chicha com a catinga da pele da velha!

O marido ficou enojado ao ouvir. Mas, duvidando que fosse verdade, pediu para a mulher fazer chicha outra vez; ficou espreitando escondido. A sogra já estava no fogo, para a filha cozinhar.

Furioso, o marido aproximou-se do fogo, quebrou o pote, derramou o milho, estragou a chicha. A velha já não virou mais gente.

A filha ficou com raiva:

— O que você quebrou não era para quebrar, não!

Chorando, juntou todos os pedaços de barro, montou os cacos do pote. Chorou duas noites e dois dias sem parar; na terceira noite, não aguentou mais e dormiu um pouco.

A mãe lhe apareceu em sonho, pedindo que se acalmasse e enxugasse as lágrimas. Prometeu fazer alguma vasilha para a filha cozinhar a chicha.

— No lugar do fogo onde eu me esquentava como pote, cozinhando a sua chicha, vai aparecer uma bolha de barro.

Você abre o barro de cima e tira o de dentro. Você vai poder fazer um pote para você.

A filha acordou e chorou de novo. No lugar onde era o fogo, apareceu uma bolha de barro, como um olho-d'água, uma mina d'água que sai do chão. Ela abriu um pouquinho o barro de cima, tirou o de dentro e fez um pote grande. Depois de feito, deixou secar e queimou bem, assando. Ficou benfeitinho. Desde então é que apareceu o barro para fazer pote, e até hoje as mulheres sabem fazer potes.

Aventuras proibidas

A Cabeça Voadora,
Akarandek, a esposa voraz

Mito macurap

Um homem gostava muito de sua mulher, que desde criança namorara. Caçava para ela, fazia uma roça grande, viviam bem, dormindo sempre abraçadinhos na mesma rede.

Eram felizes, apesar de um hábito estranho da mulher. Todas as noites, sua cabeça se separava do corpo e ia procurar carne de caça nos moquéns de outras malocas ou aldeias. Por mais que o marido caçasse ou arrumasse comida abundante, ela queria sempre ir comer mais em outros lugares. Parece que ela tinha muitos piolhos, não deixava catar, e eram eles é que queriam carne, por isso cortavam o pescoço dela..., pelo menos é assim que alguns contam.

Seria gulosa demais? A caça, que o marido com tanto amor providenciava, não bastava? Também não dá para entender como a cabeça comia, como o que ela engolia não saía pelo pescoço.

A verdade é que, de madrugada, a cabeça colava-se de novo ao corpo, que ficara agarrado ao do marido na rede. Nada se percebia, a não ser sinais de sangue no pescoço dela, ou alguns respingos no peito do rapaz.

Ninguém sabia de nada, nem sequer a família. Um dia, porém, a mãe dela resolveu ir, ainda na noite escura, colher inhames na roça para uma festa importante que pretendia fazer. Se não saísse antes da madrugada, não teria tempo de fazer bebida em quantidade. Quis chamar a filha, para ter companhia no caminho e alguém que ajudasse a carregar a colheita.

Chamava, chamava, a filha não respondia. Aproximou-se da rede e, horrorizada, viu o corpo mutilado, sem cabeça, nos braços do genro.

Gritou, acordando a maloca inteira, pedindo vingança contra o genro pela morte da filha. Apontava o sangue no pescoço.

— Claro que não matei sua filha, eu sou louco por ela! — protestava o marido inocente. — Espere só mais um pouco, até amanhecer, e vai ver como a cabeça dela chega e gruda outra vez nesse corpo.

Ninguém acreditou, arrancaram o corpo do seu enlace desesperado e enterraram. O marido chorava inconsolável.

De madrugada, lá veio a cabeça voando rápido, assobiando. Buscava o próprio corpo, voava e andava de um canto para outro da maloca, e não encontrava o resto de si mesma. Aflitíssima, foi pousar no ombro do marido.

— Não disse que ela viria? — berrou o marido, extenuado.

A cabeça da mulher não o largou mais. O marido ficou sendo um homem com duas cabeças. Onde andasse, lá estava a outra cabeça, falando, observando, mandando, parte dele. O pior é que a carne da cabeça da moça foi apodrecendo, porque estava cortada do restante; cheirava mal, tornou-se insuportável. E não havia mais o lindo corpo que sempre o esquentava na rede, a cada noite, quando a cabeça voraz ia passear!

O rapaz foi ficando doido. Ninguém mais queria chegar perto dele, por causa do cheiro; ele, também, vivia com náuseas. Não tinha a mulher por quem se apaixonara, apenas uma cabeça fedorenta.

Depois de muito sofrer, resolveu matar caça para a cabeça-mulher. Caçou muito e deixou a carne já moqueada um pouco longe. Mandou, então, que a cabeça fosse comer.

Conseguiu, assim, que a cabeça se desprendesse do seu corpo e fugiu.

A cabeça, desnorteada, andava atrás dele, caía a toda hora. Vendo que não achava mais o ombro amigo, fez um ninho no caminho da roça, onde ficava a maior parte do tempo. Se alguém se aventurasse por aqueles lados, a cabeça comia. Era o caminho mais curto, mas evitado por todos.

Um dia, um rapaz estava com pressa e não quis fazer um caminho mais comprido para escapar da cabeça — não acreditava no perigo. Já estava quase a salvo, quando a cabeça o perseguiu, querendo devorá-lo; mas era um corredor de muito fôlego, conseguiu escapar para a aldeia e avisar os outros. Os homens pegaram suas espadas[1] e se prepararam — já sentiam o cheiro da cabeça se decompondo.

Ela veio rolando pelo chão; desde que virara só cabeça era um *txokopod*, espírito. Nem botava mais sangue — só o cheiro infernal.

Os homens conseguiram quebrar a cabeça em pedacinhos. O cheiro persistiu, tinham que tampar as narinas, ficavam impregnados do odor fétido como uma peste. Foi preciso que os pajés "curassem" os restos malcheirosos e jogassem fora.

---

1 Termo regional usado pelos índios e que designa a borduna ou a lança. Espada, neste caso, não se refere à arma com lâmina de metal que conhecemos.

A mulher gulosa

Mito ajuru

Era uma mulher gulosa, muito bonita. Não havia carne que chegasse para ela, o marido precisava caçar sem parar.

O marido acabou enjoando de tanto caçar. Passou a ir para o mato e, em vez de caçar, tirava pedaços da própria carne. Levava para a mulher e dizia que era carne de caça que a onça matara e ele apanhara.

O tempo foi passando e ele foi emagrecendo. Seu compadre, *wirá* em jabuti, *waiküb* em ajuru, lhe dizia:

— Você, *waiküb*, está emagrecendo de tanto roubar a caça da onça!

O marido continuava a trazer a própria carne moqueada e dizia que era a caça da onça. Dizia que roubara a carniça da onça.

— Traz osso para eu chupar o tutano! — pediu o compadre, estranhando o que se passava.

O caçador concordou, foi com o compadre para a roça, mas de lá sumiu sozinho, dizendo que ia caçar.

O compadre sentiu falta dele, foi procurar. Viu o seu rastro, chegou até onde estava cortando a própria carne.

Quando o caçador viu o compadre chegando, quis fechar a ferida como fazia todos os dias, mas desta vez a ferida continuou aberta.

— É assim que você faz! — espantou-se o compadre.

— É assim mesmo, já faz tempo que faço assim, por causa dessa minha mulher comilona!

— Também, por que você aguenta uma mulher tão comilona? — protestou o compadre.

O marido, apaixonado pela gulosa, pegou a própria carne, já embrulhada em folhas, assoprou, a carne virou rato, muitos ratos que saíram correndo.

— É este bicho novo que vai fazer acabarem as plantações, o milho de vocês!

Conversou logo com o compadre, pediu que o flechasse com as próprias flechas.

— Eu não! — o compadre resistiu, com pena.

O marido da gulosa subira numa árvore e insistia para ser flechado, ser morto. O compadre não teve outro jeito senão flechá-lo, mas, como gostava do amigo, flechava sem força, sem coragem de matar. O marido da gulosa tinha que empurrar ele próprio as flechas para se enterrarem no corpo.

Como não morria, pedia cada vez mais flechadas. O compadre acabou com as flechas do caçador e passou a usar as que trouxera. Desta vez flechou com força; o marido da gulosa caiu gritando, já correndo pelo chão.

Morto de medo, o compadre voltou para a maloca; nem parou para se banhar no rio, como costumam fazer os índios cada vez que voltam de qualquer andança. Assim que chegou, pediu ao pajé para "curar" a água de seu banho. Contou para sua mulher e para o pajé, com todos os detalhes, o que acontecera.

Tomaram rapé e o compadre vomitou muito sangue do homem que fora flechado.

O marido da gulosa havia marcado um dia para se encontrar com o compadre outra vez. Este mandou fazer muita chicha e no dia aprazado foi levar a tigela com a bebida.

O marido da gulosa estava em cima da árvore, com as flechas cravadas na carne. As flechas, porém, tinham virado uma luz bonita, o corpo dele estava todo iluminado.

— Venha ver o que você fez com seu marido! — disse o compadre para a mulher do desaparecido.

Kubiotxi, assim se chamava a mulher gulosa, olhou para cima, amedrontada.

O marido não desceu do alto da árvore. Lá em cima mesmo bebeu a chicha que lhe ofereceram.

— Não vá se assustar, compadre! — acalmou o outro lá das alturas.

Quando acabou de beber, foi embora para o espaço. Estrondou tão forte, que a terra tremeu.

Até hoje existe esse estrondo e essa luz, quando se adivinha alguma morte, guerra ou desgraça.

História do gavião-real (*ikuldi*)

Mito zoró

Um homem levou o irmão para pegar o filhote de gavião. Então ele falou para o irmão dele:

— Achei um ninho de gavião-real para nós pegarmos.

O irmão respondeu:

— Então vamos pegar.

Mas ele queria ficar com a mulher do irmão.

Daí eles foram para lá e chegaram aonde estava o ninho do gavião.

Assim que eles chegaram no lugar, começaram a fazer uma escada para o irmão mais velho subir. Ele começou a subir na escada e chegou no galho da castanheira.

Foi assim que ele subiu, chegou e sentou no galho da castanheira. Quando viu que seu irmão estava cortando a escada feita para subir, perguntou:

— Por que você faz isso comigo? Foi para isso que você me trouxe aqui?

— Sim, é assim que eu queria fazer contigo.

E, de lá, ele veio embora, deixando seu irmão em cima do galho da castanheira.

Ele gritava, gritava tanto e ninguém respondia. De repente o gavião chegou no ninho dele e ele estava lá. O gavião falou para ele:

— O que você está fazendo aqui?

Ele disse para o gavião:

— Meu irmão cortou a escada que dava aqui, por isso eu estou aqui em cima. Queríamos roubar seu filhote — disse ele ao gavião. — Você não poderia me ajudar?

O gavião respondeu:

— Não tenho como fazer nada por ti, portanto vamos dormir por aqui mesmo.

De repente escureceu, o gavião disse para ele dormir junto com seu filhote. O gavião dormiu em cima dele.

Logo amanheceu, e de manhã o gavião perguntou para ele:

— O que você vai fazer?

Ele respondeu com muita tristeza e mágoa:

— Não tenho nada que fazer para ir embora daqui.

A família dele procurava por ele, gritava e ninguém respondia. De repente ele ouviu uma voz chamando por ele, mas estava em cima do galho da castanheira. Quando ouviu, ele respondeu.

Era sua mãe e seu pai que estavam chamando por ele.

Assim que seus pais chegaram ao lugar onde ele estava, viram que ele estava em cima da castanheira, e pediram para ele descer.

Quando ele falou com eles, o pai e a mãe e os outros parentes, todos começaram a chorar.

Perguntaram o motivo pelo qual ele estava ali, e também por que não podia descer. Depois disso eles foram embora.

O gavião perguntou para ele:

— Por que você não se vinga do seu irmão que roubou sua mulher?

Ele respondeu:

— Não tenho como me vingar, pois estou aqui em cima da castanheira, não posso fazer nada.

— Vou tentar fazer cocô em cima de ti — disse o gavião.

Logo depois o gavião sentou no galho que estava em cima do homem e fez cocô nele.

Depois que o gavião fez cocô em cima dele, começaram a nascer penas nele. Quando os pais e a família foram ver de novo onde ele estava, ele já tinha as penas cobrindo o corpo. Assim que seus parentes chegaram, ele desceu onde eles estavam. Ficaram emocionados de novo com ele. Ele disse:

— Não sou mais aquela pessoa que vocês conheciam, já perdi nossos costumes.

Quando estava conversando com o pai, ele perguntou sobre o plantio que havia deixado — era sobre a roça de amendoim que ele perguntava.

— Já está maduro o amendoim?

O pai respondeu:

— Sim, filho, seu amendoim está maduro.

— Pai, traga para mim então.

— Está bem, meu filho, eu vou trazer para ti.

Logo depois ele perguntou sobre seu irmão. Perguntou se o irmão estava morando com sua mulher, se estavam morando juntos, perguntou para o pai.

O pai respondeu que estavam morando juntos sim. E insistiu de novo:

— Você não quer mesmo ir embora para sua casa?

Em vez de responder sobre esse assunto, ele perguntou sobre o amendoim, se o amendoim todo estava maduro, e orientou:

— Se estiver todo maduro, pai, reúna as famílias que estão lá e façam a colheita.

Os seus pais foram embora de novo. Antes de sair, seu pai respondeu:

— Tudo bem, vou juntar as pessoas da aldeia para colher seu amendoim.

Ele perguntou para o gavião:

— Como posso me vingar?

O gavião respondeu:

— Tente tirar aquele cacho de babaçu, e traga para mim.

Em vez de ir aonde o gavião estava, deixou o babaçu cair no chão.

O gavião deu um estalo com a língua, pois tinha achado ruim o fato de ele ter deixado o cacho de babaçu cair no chão.

O gavião falou para ele que não era para ter deixado cair o cacho de babaçu no chão, pois isso era uma falha que não podia acontecer com ele. Em seguida, o gavião pediu para ele tirar um cacho de *andanawã*. Ele conseguiu cortar e trazer o cacho de *andanawã* no lugar onde estava o ninho. O gavião agradeceu-lhe por ter trazido o cacho de *andanawã* até onde ele estava.

O pai veio avisar a ele que tinham começado a fazer a colheita do seu amendoim. Ele disse ao seu pai:

— Avise a todos para não levarem armas como arco e flecha.

Falou para seu pai levar todas as pessoas de manhã. Orientou seu pai para colocar seu irmão no meio do plantio, o que tinha tomado sua mulher.

Logo amanheceu. Daí foram para a roça fazer colheita. E ele foi vê-los como *ikulin,* gaviãozinho, e de repente virou *ikuldi,* gavião-real. Pegou o irmão pelas costas e levou. Ele gritava: "Socorro! Socorro! O gavião está me comendo". Todos ficaram preocupados, sem saber como reagir. De repente um deles viu um menino com um arco, tirou o arco do menino e entregou-o na mão do Buxam, que era o mais famoso dos caçadores. O caçador Buxam acertou no meio da asa do Ikuldi. Assim que Buxam acertou a asa do Ikuldi, ele deixou cair no chão o irmão, que ficou todo ferido.

No outro dia o pai dele foi ver onde estava Ikuldi, sempre no mesmo lugar. Assim que o pai chegou no lugar, rapidamente ele perguntou pelo irmão que tinha se acidentado, se estava sentindo dor. O pai respondeu:

— Sim, ele está sentindo.

Ikuldi pediu para o pai juntar-se à turma, para ir ao lugar onde faziam sempre as flechas. E todas as pessoas foram fazer as flechas no lugar onde tinham combinado. Ele tinha pedido para ninguém levar seus arcos e flechas.

Quando eles estavam no lugar onde tinham combinado, o irmão mais novo que foi ferido pediu para a mulher que tinha roubado de seu irmão mais velho:

— Você poderia me dar um banho no quintal?

A mulher respondeu que sim.

Pediu para a mulher dele procurar o gavião que o tinha agarrado. A mulher procurou-o, mas não achou nenhum gavião. Ela falou para ele que só tinha anu no quintal. E ele saiu no quintal para um banho. A mulher havia esquecido um pente dentro de casa. Aproveitou que ele estava tomando banho, foi pegar o pente que tinha esquecido. Quando ela estava pegando, o Ikuldi agarrou-o e foi embora com ele.

As mulheres gritavam, gritavam para os maridos, mas, quando eles chegaram, o gavião já tinha levado o irmão para muito alto. Eles atiraram flechas em Ikuldi, mas nada de acertar, pois ele tinha voado muito alto e rodava, rodava, cada vez mais alto.

Já que estava muito alto, eles ficaram só olhando. Os anus falavam "*manzyra, manzyra*", que quer dizer "meu fígado". Os anus queriam ajudar Ikuldi, para que ele matasse o irmão e eles comessem o fígado.

Ikuldi sumiu com ele, ninguém sabe aonde foi, acho que foi para o céu. Depois de um mês, eles fizeram uma festa. Iam começar a festa. Um dos festeiros foi para fora fazer xixi, e de repente ouviu, zoando, zoando, um barulho que vinha de cima.

Ele perguntou para a mulher dele o que estava zoando, e os dois foram avisar os festeiros, dizendo:

— Oh pessoal, vamos parar um pouco, ouvi um barulho que está vindo do céu.

Eles aceitaram logo. Assim que escutaram, eles diziam que ia acabar o mundo. Um deles falou que estava caindo a cabeça que Ikuldi tinha comido. A zoada chegava cada vez mais perto, e caiu no meio do pátio da aldeia. Todos ficaram muito curiosos, foram ver e falaram:

— O que é isso?

Não podiam chegar perto porque estava escuro; todos tateavam com as mãos. Quando estavam procurando, de repente um nambu-preto voou no meio deles — era o que tinha caído no meio da escuridão. Era a cabeça do irmão que Ikuldi tinha comido. Logo em seguida o nambu-preto assobiava, *syn, syná* — era a cabeça que Ikuldi tinha comido.

Foi assim que caiu a cabeça que Ikuldi tinha comido, transformada em nambu-preto.

Pakuredjerui aoné, os homens que comiam seu próprio cocô, ou os homens sem mulheres

Mito arikapu

Antigamente, os homens iam para o mato fazer cocô e já levavam pamonha. Algumas mulheres cismaram com esse hábito estranho de levar comida na hora de fazer cocô. Foram espreitar: descobriram como eles comiam o próprio cocô com pamonha. Voltaram para a maloca contando a todas as outras a nojeira dos homens.

As mulheres resolveram tomar rapé como os homens, fazer a dieta dos pajés, como se fossem homens, para virar pajés. Foram ficando magras, magras, sem comer, só fumando. Queriam voar.

Os homens resolveram caçar para levar comida a elas, ver se elas se alimentavam, se paravam de emagrecer. Quando foram para a caça, elas continuaram a tomar rapé e a tirar talo de ouricuri, para fazer sabão de cinza, para limpar o corpo, para voar. Tomaram rapé e chamaram o espírito de Bidjidji, uma aranha pequena que faz teia no caminho.

Foi o chefe das aranhas, o dono das aranhas, que ensinou as mulheres a terem penas, pois elas queriam voar. Viraram pássaros, o pássaro *oné*, um pássaro pequenino que tem um rabo igual a tesoura. Chama-se tesoureiro em português, é branco, metade preto. As mulheres criaram asas, prontas para voar.

Os homens estavam caçando enquanto elas iam virando pássaros, já subindo. Ficaram no chão, olhando; de sua tocaia no mato, viram os pássaros subindo e adivinharam:

— Parece que a mulherada foi embora, bem anunciaram que iriam embora para o céu!

Avisaram os outros, voltaram para a maloca e só viram o lugar das mulheres vazio, os restos do sabão, as penas que tinham caído. Ficaram tristes... não tinham mais mulher.

Ainda bem que uma filha do cacique não quis deixar o pai. As mulheres haviam deixado que ficasse escondida no jirau, tinham posto uma porção de esteiras tampando. A mãe lhe recomendara:

— Se você quiser ficar, fique, mas vai ter que casar com seu irmão!

Os homens estavam tristíssimos.

— Por que vocês vão ficar tristes? Vamos fazer chicha para nós! — tentou consolá-los o filho do cacique.

Cada vez um dos homens fazia chicha, revezavam-se; mas a chicha ficava ruim, não tinha gosto. O filho do cacique era o único a saber do segredo da irmã escondida. Quando era sua vez de fazer chicha, mandava a menina mascar para ele, para adoçar a bebida, fermentar. A chicha mais gostosa era sempre a dele.

— Ah, você tem mulher, sua chicha está boa demais! — diziam os outros.

— Não tenho, não! Vocês é que não mascam direito!

Ainda não estavam namorando; o irmão nem sabia ainda que era para casarem. Passados uns dias, um companheiro do irmão, seu *wirá*, amigo, compadre, como dizemos em língua jabuti, ficou deitado na rede do outro, bem debaixo do jirau onde a irmã estava. Ela estava mascando para a chicha, escondida lá em cima. De repente, sem querer, deixou cair um pedaço de masca em cima do *wirá* do irmão.

— Acho que meu *wirá* está escondendo mulher!

— É mulher nada, é rato que deixou cair um pedacinho de comida! — mentiu o irmão, tentando manter o segredo.

— Que nada, é mulher! — retrucou o *wirá*. Subiu no jirau, arrancou as esteiras e, encantado, viu a filha do cacique.

Ela desceu, já fora vista! Falou para o irmão:

— Mamãe mandou eu morar contigo!

— Não pode ser, vai ser muita vergonha, somos irmãos!

Ficaram juntos, mas não namoraram; os outros é que faziam filho nela.

Começou de novo a existência das mulheres, recomeçou a crescer gente. Quando nasciam mulheres, os homens tratavam bem, esperavam crescer para casar. E assim aumentou gente outra vez, senão tinha se acabado.

Além da morte

A origem da morte, a volta do morto Kambiô

Mito macurap

Kambiô era um homem, andava ensinando um mundo novo para as pessoas. Faleceu.

Sua mãe ficou chorando perto da cova, já o tinham sepultado. Ficou chorando, chorando; de repente, Kambiô falou, debaixo da terra:

— Mamãe, a senhora não chore, não. Tire o fogo de cima de mim.

Antigamente, quando as pessoas morriam, eram enterradas, fazia-se fogo na cova, punha-se lenha durante um bom tempo.

A mãe apagou o fogo, jogou fora a cinza. Kambiô emergiu da terra, mas em forma de criança ainda, não como o homem que fora. Deitou na rede, no canto da maloca, para não ser visto por ninguém. Foi crescendo, crescendo, crescendo, foi se formando, virando homem de novo.

Só comia batata. A mãe lhe dava muita batata. Comia tanta batata, que a mãe sempre tinha que ir à roça buscar mais.

A mãe arrancava um bocado, Kambiô comia, a batata terminava. Cada vez que acabava a batata, a mãe ia buscar mais na roça. Assim foi umas três vezes. Na quarta vez ela recomendou:

— Meu filho, fica deitado na rede, sem falar com ninguém, que eu vou buscar mais batata.

Kambiô agora já estava quase pronto para andar de novo entre os vivos, virara um homem grande, a carne e os ossos duros, faltava bem pouco para ser o que fora antes.

Na mesma maloca morava outra mulher, uma velha, com uma criança. A velha mandou a criança pedir batata para Kambiô. Ele deu. Daí a pouco, a criança pediu outra vez, Kambiô deu mais. Foram comendo, até terminar a batata. A mãe ainda não tinha chegado.

— Bem, menino, acabou, mamãe foi arrancar mais, quando ela chegar nós comemos.

A criança levou o recado para a velha. Esta resmungou:

— Tem batata, sim, tenho certeza que ele tem, está é sovinando. Por que esse mesquinho, esse avarento, não morreu logo de uma vez?

Kambiô escutou. Era ele quem estava dando batata para o menino. Levantou da rede, ofendido, ficou em pé:

— Minha mãe não chega! Agora sim!

Pegou a buzina, feita de chifre, de taquara ou de cumbuca; tocou, lá da porta. A mãe, na roça, escutou.

— É meu filho. Que será?

Quando ela chegou, Kambiô já tinha ido embora. Ouvia-se a sua buzina. A mãe correu atrás. Kambiô não corria pelo chão, só voava pelo espaço. A mãe ia andando, enquanto ele voava; no caminho, ela perguntava para as folhas:

— Cadê meu filho?

— Passou agorinha!

— Está bom, você vai aguentar o sol quente.

Passava por outra árvore, perguntava do filho.

— Teu filho passou faz horas!

— Ah, você não vai aguentar o sol, vai morrer logo.

Ia perguntando para todas as plantas. Para as que respondiam que o filho passara há pouco, prometia que iam ser fortes, durar; para as que não o tinham visto, ou tinham visto há tempos, rogava praga.

A mãe acabou alcançando a maloca dos espíritos, dos *dowari*.

Dowari é o espírito de quem morreu. A mãe de Kambiô entrou na maloca dos espíritos.

Os espíritos não gostaram de ela ter entrado na casa deles de corpo inteiro, viva. Tinham permitido a vinda de Kambiô, o filho, porque já tinha morrido, mas a mãe viva não queriam.

— Mamãe, a senhora veio atrás de mim! Volte para trás, para não morrer ainda! — inquietou-se Kambiô. — Bem, mamãe, esqueci meu pente na parede de palha da maloca! A senhora faz o favor de buscar para mim? — pediu.

Ela concordou, mas pediu para o filho esperar por ela. Voltou o caminho inteiro até a maloca, procurou o pente, enfiando a mão pelas paredes das palhas. Um escorpião, desses que costumam se esconder exatamente nas palhas da maloca, picou-a. Ela morreu na hora. Seu espírito foi para a maloca dos *dowari*. Desta vez os espíritos dos mortos a deixaram entrar.

Os espíritos conversaram entre si:

— Queríamos poder ficar sossegados na nossa maloca, sem sermos encontrados por qualquer um como dessa vez!

— Vamos nos esconder noutro canto, morar mais longe, onde ninguém nos alcance! — sugeriu outro.

Os *dowari* explicaram aos pajés da aldeia que a partir desse dia, quando alguém morresse, ia sofrer muito, os homens teriam que passar muitas dificuldades, tomar muitas providências, fazer rituais complicados, que antes não existiam.

Os pajés explicaram ao povo tudo o que deviam fazer daí para a frente, quando houvesse alguma morte. Depois de ensinar as novas regras, os pajés foram embora.

O resto dos espíritos *dowari* que moravam na maloca, onde Kambiô e a mãe os haviam alcançado, sumiu. No lugar não havia mais nada — tinham se mudado para bem longe.

Uns dias depois, morreu alguém na maloca em que Kambiô vivera. Dessa vez as pessoas tiveram que tomar rapé para chamar os espíritos, como os pajés tinham ensinado depois da mudança dos *dowari*.

Tomaram rapé, tomaram, tomaram, chamaram os espíritos, os *dowari*. Estes desceram para a aldeia, receberam muita chicha, a bebida fermentada, ajeitaram bem o corpo do morto, em seguida se foram outra vez.

Mas, agora, a morte passou a ser um sofrimento, porque é preciso tomar rapé por mais de uma semana, para poder chamar os espíritos.

Antes, quando Kambiô morreu, não era assim: as pessoas morriam, mas ficavam nas malocas, reviviam com os cuidados dos vivos. Por causa da velha rabugenta que xingou Kambiô, a morte passou a ser definitiva. Kambiô estava ensinando como era preciso fazer para a morte ser só temporária, estava criando um mundo novo, mas ficou ofendido com a velha que o chamou de sovina, interrompeu os ensinamentos, a morte passou a ser para sempre.

Awatô Kambiô, nosso avô Kambiô, é que ensinou o caminho dos espíritos, dos *dowari*.

Patopkiá, ou a origem da morte

Mito tupari

Antigamente, a morte não existia. Quando as pessoas morriam, voltavam.

Patopkiá tinha ensinado como evitar a morte. Disse às irmãs:

— Minhas irmãs, vou ensinar como devemos fazer para não morrer de vez. Eu vou morrer, e vocês não devem chorar. Depois de uns dias, eu voltarei.

Elas concordaram. Uns dias depois, Patopkiá adoeceu e morreu. As irmãs fizeram uma sepultura e o enterraram. Puseram-se, então, a assobiar, e diziam, desgostosas:

— Ah, se soubéssemos chorar! Somos obrigadas a assobiar, porque não sabemos chorar! Vamos procurar nossa avó para ela nos ensinar.

Ubaidpib, a avó, morava sozinha. Foram até lá.

— Ai, vovó, nosso irmão morreu. Você nos ensina a chorar?

A avó ensinou um canto e o choro, mas, quando elas vinham voltando, tropeçaram num toco e esqueceram como era. Tiveram que voltar à casa da avó, e ela ensinou de novo.

Quando estavam voltando, tropeçaram pela segunda vez no toco, e esqueceram de novo. Era a avó que jogava a unha, em forma de raiz, no meio do caminho, para elas caírem. Mais uma vez foram à casa da avó, e esta achou melhor acompanhá-las para não esquecerem mais o choro. Foram todas e, ao chegarem à sepultura, a avó passou a chorar. Chorou dias e dias, sem parar. Depois de um tempo, as irmãs foram pegar pimenta para dar ao espírito do irmão, e escutaram alguém capinando na roça do morto, cuidando dos pés de pimenta que ele plantara. Era ele mesmo, trabalhando na própria roça.

Só então elas se lembraram de que ele voltaria, como bem avisara.

— E agora, como vamos fazer com nossa avó, que não para de chorar? Nosso irmão bem tinha dito que ninguém podia chorar! — assustaram-se. — Só podíamos assobiar!

E foram pedir para a avó voltar para casa.

— Não vou, não, minhas netas, vou chorar meu neto!

Elas insistiram, mas não adiantou.

— E agora, que faremos ? — comentaram entre si. — Lá vem ele!

O irmão apareceu. As moças avisaram bem baixinho no ouvido do pai que ele estava lá. A velha escutou e perguntou:

— O que é? — e tanto amolou que lhe contaram. — Ah! Vocês querem me enganar para eu ir embora! Mas não vou, não, fico aqui mesmo chorando.

O morto veio e perguntou:

— Por que essa velha está chorando? Eu não avisei vocês que ninguém podia chorar? — e pegou a espada[1] e começou a bater na velha com força.

— Você não está me matando, você está matando caça, anta! — dizia ela. — Você está furando ouricuri para matar os bichos, para pegar gongos, larvas para comer!

Até que ele não aguentou mais a velha e foi embora para não precisar mais ouvi-la. A velha foi atrás, acompanhando. Patopkiá apanhou uma pedra e atirou nela.

---

1 Termo regional usado pelos índios e que designa a borduna ou a lança. Espada, neste caso, não se refere à arma com lâmina de metal que conhecemos.

— Você não tinha morrido, ó meu neto? Por que voltou? — e também lhe jogou uma pedra.

Por isso, hoje, morremos de uma vez.

Patopkiá foi subindo a serra para evitá-la, mas ela subia atrás, chorando. Não aguentando mais ouvir a velha e sua choradeira, Patopkiá inventou um fio d'água, um rio, pensando consigo mesmo: "Quem vai conseguir cruzar tanta água?". Ele próprio cruzou o rio. Quando ela ia persegui-lo, ficou pendurada no meio do rio, e lá está até hoje, atolada no barro, com a água passando.

É por causa dessa velha que existe a morte, e temos raiva dela — é um cão. Meu avô contava para nós como tinha raiva dessa mulher, que nos fez morrer.

A morte

Os mortos devem ser enterrados na própria maloca, que é, então, abandonada. O enterro só pode ser feito de dia, nunca à noite. É preciso falar logo com o pajé, o *mamoa*, para ajudar o espírito, o *pabit*, a fazer sua viagem. Por esse serviço, o pajé ganha presentes, alimentos. Antigamente, os Tupari criavam larvas, na chicha, para presentear o pajé, que ganhava também porco, macaco, tatu.

O espírito tem que ir à casa de Patopkiá.

Nesse caminho, há um rio grande, no céu, que os espíritos devem atravessar.

Patopkiá deixou no rio duas cobras grandes e dois jacarés, para que os espíritos dos mortos, os *pabit*, os usem como pontes, passando por cima delas. Enquanto o pajé, na terra, vai cantando, o espírito chega aonde estão as cobras e vai andando em seu dorso, vai flutuando no meio das águas. O espírito anda em cima do arco-íris, das cobras; mas o arco-íris que vemos é só a sombra das cobras. Quando chega ao fim da ponte de cobras, chama os dois jacarés, um em seguida ao outro, para pisar neles. São mais curtos que as cobras. Quando chega na cabeça, o jacaré pergunta:

— Meu neto, estou fedendo?

— Está! — responde o espírito (não deve dizer que não).

O jacaré, irritado, o lança em catapulta, com o rabo, e o *pabit* vai parar em cima do barranco, lá na casa de Patopkiá, que é para onde devia ir mesmo.

À entrada da casa há uma cuia pendurada por um barbante, que faz zoada para chamar o dono da casa. O *pabit* sacode a cuia, e, ao ouvi-la, Patopkiá manda seu servidor Karaman ver quem está chegando.

Karaman vai cantando "hô, hô...". Quando é gente ruim chegando, Karaman, barrigudo, atira flechas para ver se acerta. Quando é gente boa, diz:

— É nosso Tupari que vem, vamos recebê-lo bem!

Patopkiá vai receber, arma a rede para o espírito, que morre uma segunda vez. Até os pajés morrem de novo.

Na casa de Patopkiá, o espírito vive de novo, e fica dormindo. Patopkiá manda um minhocão, Antopod, de cabeça redonda, comer as tripas do *pabit.* Antopod come as tripas todinhas, e então Patopkiá faz o espírito viver de novo, e chama a velha Urukuí, sua irmã, que é o Grilo, mas era gente também:

— Velhinha, traz pimenta para eu botar nos olhos do meu neto!

Urukuí, a avó-grilo, responde:

— Eu pego pimenta gritando alto. As pessoas têm raiva de mim, por isso eu sovino pimenta, mas para você eu dou.

Aí Patopkiá pinga pimenta nos olhos do morto, que vai ressuscitando. Quando ele levanta, Patopkiá pede para outra velha, Pabapairo, outra irmã sua:

— Vovó, traz um pouquinho de chicha para eu dar para o espírito!

Pabapairo faz ouvidos moucos, e continua se penteando com seu pente, para não ter que dar chicha, a bebida fermentada. Patopkiá repete o pedido, sem sucesso. Passa então para outra velha, essa boa, Kananpé:

— Vovó, você sempre me obedece, me arruma um pouco de chicha para o meu *pabit*?

— Arrumo sim, é claro! Por que você foi pedir para Pabapairo? Não vê que ela não presta? Sovina sua chicha malcheirosa? A minha cheira bem! — e leva sua chicha para Patopkiá, que "cura" a chicha para dar ao espírito. Sem curar a bebida, não dá para tomar.

Aí o *pabit* bebe e já está bom, pronto, livre. Fica doidinho para ver os seus. Se for um homem, fica procurando quem foi sua mulher. Patopkiá o engana:

— Olha sua mulher, ela está no terreiro! — e é mentira.

Dizem que os *pabit* se esquecem de toda a sua família. Então por que choram quando os seus chegam?

Dizem que os espíritos dos nossos avós, os que foram na frente, também choram, quando a gente chega lá.

Patopkiá pode curar doenças, e pode fazer os doentes, já quase mortos, que visitam sua casa como se fossem *pabit*, voltarem para cá, para a terra, não morrendo ainda. Patopkiá não vem à terra, pois isso poderia fazer muito mal aos homens; é o pajé, o *mamoa*, quem vai lá.

Também os espíritos dos mortos, já na casa de Patopkiá, podem ajudar o espírito do doente a ficar mais tempo na terra, e a impedir a morte. Konkuat,[2] uma vez, ficou doente, e seu pai, lá no porto dos *pabit*, vinha rodeá-lo, pedindo para ele não ir para lá.

2 Konkuat é o narrador de vários mitos tuparis deste livro.

O pajé Txipiküb-ob fala de suas viagens e dos *dzerebãi*

Txipiküb-ob (Gavião-Ikolen)

Meu nome quer dizer "pé vermelho do jabuti", e a Funai me chama de Pitxicao. Alamãa é meu cunhado, casado com minha irmã de verdade, que tem o mesmo pai e a mesma mãe que eu. Minha filha é mulher de Tapaa, filho de minha irmã e de Alamãa.

Alamãa foi meu mestre. Ele próprio aprendeu com um pajé de outro povo, dos Gotxorei. Os espíritos dos Gotxorei são gente, andam como nós, com a mesma aparência, mas têm o poder de desaparecer repentinamente. Estão conversando conosco... num piscar de olhos somem, ficam invisíveis, vestem o couro de animais. São *dzerebãi*.

Através de Alamãa, dos espíritos feiticeiros *dzerebãi* do povo Gotxorei, fiquei conhecendo o ofício de pajé nas suas múltiplas formas. Vasculhei os *garpii*, os céus, parando em cada vila, dialogando com os homens-espíritos, seus donos. Mergulhei nas águas dos *goihanei*, penetrei na passagem abaixo dos rios. Vi as almas, *zagonkap*, de muita gente e muitos pajés, vivos ou que se foram. Andei pela floresta fechada vagando com os *dzerebãi*.

Quando dei os primeiros passos para aprender, o pajé Txiposegov veio me alertar:

— Cuidado, meu afilhado, você está virando pajé, não é o destino que te desejo!

Txiposegov é meu padrinho; ficava apreensivo com os perigos que eu teria que enfrentar. Não queria que outro me ensinasse; gostaria de ser meu mestre, pois o pajé faz de seu discípulo um aliado. Como cada pajé é uma ameaça, uma onça devoradora em potencial, um pajé teme que seu rival tenha mais seguidores, poder em ascensão. Os pajés competem por auxiliares fiéis, ferocidade a seu lado. Indicam para ser pajé alguém muito querido.

* * *

O medo era enorme no início da experiência. Eu caminhava sossegado pelo mato... surgia uma onça pavorosa, meu coração batia, eu queria fugir. Sofria, tremia. Via o animal — já era homem. A visão provocava um choque, eu adoecia. Era Alamãa mesmo que vinha em forma de pantera, testando minha coragem, provocando o terror. Foram meses e anos de travessia, de abismo. Aos poucos, fui me acostumando. Hoje, já não passo mal. Quando vejo a onça ou um animal perigoso transformar-se em homem, nos comunicamos; já sei que é um pajé, alguém do meu ofício.

O transe

O pajé anda no caminho dos céus, *garpi-pé*? Passeia no reino do *garpi*, nos céus? É muito estranho o que vivemos.

Ninguém entende. Parece que o mundo gira, nós, os pajés, não sabemos mais onde estamos. Dá uma tonteira no corpo, nos olhos, na cabeça, é cair, virar, ser sem ser, outro estado, mistério. Os outros nos perguntam como é, têm curiosidade imensa, queremos satisfazer. Dizemos que fomos para o céu, é mais simples explicar, mas ninguém sabe onde é, é um zás, um átimo, um instante sem tempo, já se está longe, já se volta. Não é um passo largo, caminhando, caminhando, como fazemos na mata, com tempo de pensar. É — simplesmente; é o ser, é intenso. Fico admirado, pasmo, sem saber, vivendo com toda a força, além de mim.

Existe o caminho do pajé, mas é outro chão, não parece ser o *garpi-pé* como as pessoas ou vocês descrevem, semelhante a uma estrada onde se possa pisar com solidez. É outra trilha. Sentimos. Por exemplo, quando o pajé está recebendo o espírito da queixada, Bebé-ti, este não tem asas para voar, dispara em sua direção com uma velocidade indescritível. Dizemos que vem pela vereda, mas é apenas uma forma de falar. Chega, está, corre, entra em nós.

Visão dos seres, feitiços, o mal e o bem, os *dzerebãi*

São tantos os espíritos-homens que aparecem! Pode ser a anta, Watza-ti, ou a onça, Neko-ti, ou os *dzerebãi*, ou outras manifestações, imagens ou reflexos dos seres magos. Dialogamos com eles, temos uma ponte, nessa agulha de instantes acreditamos enxergar a verdade absoluta.

A visita aos *goihanei* é rápida, quase impossível identificar com exatidão o lugar por onde se anda. Não é o pajé que quer andar, que se dirige com determinação aos *goihanei*. É Zagapuy que o leva, ensina. O homem-pajé mesmo não tem como dizer aonde vai, apontar a trilha; Zagapuy vai puxando o *wãwã*, o pajé.

Zagapuy abre a porta dos *goihanei*, vai levando para além das águas, no seco abaixo. O pajé não encosta na porta, não empurra, deixa que o faça seu guia Zagapuy.

Ao chegar, levamos choque, há uma energia como a de peixe-elétrico. Vemos as malocas dos *goihanei*, seu terreiro com lagos, com peixes. Não costumo entrar nas casas; apenas Zagapuy pode entrar. O movimento é tanto, que nem é possível apreender o que se passa na aldeia *goihanei*. Não dá para saber, por exemplo, se há mulheres, se fazem redes, se levam uma rotina parecida com a nossa.

Ainda não sentei no banquinho *iamwá* dos *goihanei*, pois não considero que meu aprendizado tenha terminado, está em processo. Não posso fazer tudo que me vier à cabeça; deve ser Zagapuy a me levar. Temo minha própria curiosidade, pois quem se detiver muito, esmiuçar e indagar, acaba ficando por lá, nunca mais sai. Se meu aprendizado se estender muito, se conseguir atingir um grau maior de conhecimento, então sentarei no banquinho surubim *iamwá*, saberei como é subir e descer com a respiração do peixe...

Por enquanto vou continuar seguindo sozinho meu professor, Zagapuy.

* * *

Os *goihanei*, os *dzerebãi*, os *garpii*, Zagapuy, os *oritxitxia* não são nem bons nem maus. Nenhum dos espíritos mágicos que o pajé enxerga é maléfico. Todos podem fazer o bem e podem causar o mal. Depende do comportamento do pajé. *Dzerebãi*, ou o *goihan*, não mata por iniciativa sua nem decide roubar mulheres. É quando o *wãwã* dá permissão, quando deseja o malefício, que desencadeia o mal. Sua existência para o mal é escolha do pajé. É o comando do pajé que o faz feiticeiro. Muitos espíritos, por exemplo, geram crianças com defeito, como Zagapuy ou Ibkotzob, uma árvore. É gago, faz nascer uma criança defeituosa.

Quanto a mim, apenas curo as pessoas, meus parentes, recuso a maldade. Pode ser que outros pajés se aproveitem da capacidade feiticeira que sabem mobilizar causando danos e mortes; não eu, meu caminho é apoiar a todos contra o sofrimento.

* * *

Hoje ouço muita gente dizer que os *dzerebãi* são feiticeiros semelhantes a Satanás. Dizem que Alamãa virou *dzerebãi*, já é bicho feiticeiro, largou sua gente, está com os perigosos. Quem diz isso não sabe, não conhece, foi levado, talvez pelos que não são índios, os que dividem o mundo em bem e mal, a criar uma imagem dos *dzerebãi* como sendo o mal. Essa não é a verdade, é a ignorância que faz falar assim. Os *dzerebãi*, como os *oritxitxia*, os *goihanei* e outros, podem arrastar, abraçar e reter as pessoas quando gostam delas, impedindo que voltem para os vivos, mas também curam, apoiam, zelam.

Os *dzerebãi* são os que vivem no tempo, no mato, vagando. *Dzerebãi*, em língua gavião, quer dizer "os que não têm morada". Não são como os *goihanei*, ou os *garpii*, com casa, com territórios e lagos: são o vento, nada é fixo, o mundo é seu.

Algumas pessoas dizem que os *dzerebãi* não existem; no entanto existem, são verdadeiros. Quando veem alguém, transformam-se em folhas, verdes ou secas, que pensamos que são da floresta, mas são eles, ouvindo nossos comentários sobre sua vida. Andam o tempo todo, mais de noite. Quantas vezes uma paca, ou uma queixada, não apareceu no terreiro da minha casa? Ou uma cutia? Ora, paca não anda de dia, caça não se aproxima das pessoas, não há de querer ser caçada! É uma amostra do poder dos *dzerebãi*.

É importante vocês me perguntarem sobre os *dzerebãi*, para eu contar como trabalho com eles, desfazer as ideias erradas que muitos difundem entre os índios.

A doença

Não é a pessoa muito doente que, por ser muito doente, acaba se tornando pajé. Ou seja, não é a enfermidade que traz o movimento em direção à pajelança. Quem se torna pajé é porque viu uma sombra, um outro ser; teve o impacto da viagem que fez através de seu *ti*, sua alma, de seu *zagonkap*, seu espírito. O doente é quem sonha muito com os pajés. Ficou doente porque viajou pelo caminho ou pelas águas com o *wãwã*, levado por ele. É a viagem, não a doença, que o faz pajé.

A língua dos *dzerebãi*

Os *dzerebãi* podem falar qualquer língua, não há nenhuma dificuldade para entender. Já antes do contato, os pajés recebiam espíritos em português. Há uma cantiga em que um espírito dos "brancos", então desconhecidos, se incorporava ao *wãwã*. Estando com esse ser em seu corpo, o pajé tomava água fria. E jamais os índios tomam água, apenas a sopa fermentada ou cozida, a *makaloba*! Nem sequer sabiam que é assim que na cidade se mata a sede, não podiam imaginar esse estranho costume. Era pelo espírito que o faziam.

O tabaco

É a fumaça do cigarro que leva o pajé a suas experiências, ao transe, à viagem do *ti* ou do *zagonkap*. É preciso pôr a fumaça no olho, aspirar. O pó tabaco é misturado a várias sementes, talvez alucinógenos. Os Zoró põem o pó no ouvido, ou preparam na *makaloba*. Os Gavião aspiram pelo nariz. Há uma casca de árvore que se mistura ao tabaco para fazer o *matxo-kon*, o pó de tabaco.

Agora que os missionários nos proibiram de fumar, que os crentes insistem nessa interdição — viramos todos crentes —, não temos pajés.

Sebirop[1] está dizendo que Jesus lhe apareceu e estava feliz porque os Gavião largaram o pecado, a poligamia, a be-

---

1 Sebirop é o tradutor dos mitos gavião-ikolen deste livro.

bida alcoólica, mas dizendo também que autoriza o tabaco, porque precisamos do pó para os nossos pajés!

Discrição dos magos

Os pajés não contam segredos. São discretos. Só se alguém souber perguntar... mas não se gabam daquilo que só eles mesmos adivinham.

O pajé, *wãwã*, e seu guia Zagapuy

O pajé sabe ver e visitar os espíritos. Na aldeia e na selva, viver é muito perigoso: tudo tem espírito ou alma, *ti*, as árvores, as águas, os animais, as pessoas. Quando há tempestade, quando está trovejando, se alguém for se banhar no rio, há espíritos andando na chuva, olhando quem passeia. Com esse olhar invisível, a alma da pessoa, *ti*, se assusta, é levada pelo espírito *goihan* para perto da água. Voltando para casa, quem foi ao rio sente frio, febre, vai emagrecer; é o corpo cuja alma foi roubada. O *wãwã* tenta curar, pergunta onde o doente esteve, descobre sobre o banho na tempestade e o início dos sintomas. Desconfia que algum *goihan* aprisionou a alma *ti* do paciente; dispõe-se a ir buscar. É dever do *wãwã* encontrar a alma *ti* de quem adoeceu.

Sarar não tem a ver com o que se passa no corpo: o que importa é a viagem do pajé para trazer a alma.

* * *

O *wãwã* deve visitar os *goihanei* para recuperar a alma do enfermo. Vai com seu guia, seu companheiro, Zagapuy, seu mestre nas artes da cura. É Zagapuy quem sabe o caminho, é quem conhece, é poderoso, vai na frente. Sozinho, o *wãwã* se perderia: não conhece a porta para o domínio dos *goihanei*. Sem Zagapuy não poderia curar.

Zagapuy vai na frente, sabe onde é a entrada, abre para o *wãwã*, penetram no perigoso reino dos espíritos *goihanei*, enveredando pela trilha que sai de um buraco no fundo dos rios. Como o poraquê, peixe-elétrico, os *goihanei* dão choques violentos nos recém-chegados, querem atingir o *wãwã* e Zagapuy. O protetor do pajé é mais forte: dá choques de maior carga nos *goihanei*, enfraquece-os. Os *goihanei* afastam-se do *wãwã* e de Zagapuy, evitam a eletricidade mortal do contato.

Goihanei e Zagapuy não devem conversar de pé. Há muitos assentos na aldeia dos *goihanei*: não como os nossos, de madeira pintada, os *iamwá*; os bancos dos espíritos são peixes, são surubins agigantados, *koreré*. Quem senta não fica firme: o surubim respira, levantando e abaixando o hóspede ou o *goihan*. Os bancos dos *goihanei* chamam-se *iambdin*. O surubim é *goihan* e assento ao mesmo tempo.

O pajé conversa com os *goihanei*, é seu amigo. Pede de volta a alma *ti* do companheiro doente, descobre-a escondida em algum canto ou transformada num objeto ou animal, como um novelo de algodão ou um pássaro de estimação. Com pedidos e diálogo, recebe a alma *ti*, mas ninguém a vê, só o pajé. Em casa, o *wãwã* repõe *ti* no corpo do doente, que dois ou três dias depois está curado.

* * *

Quando não há pajé, ou seja, o mensageiro que intervém junto aos *goihanei* ou aos outros seres, não há como curar doenças. A cura é sua obrigação, seu trabalho, pelo poder que tem junto aos espíritos. Não se pode pagar o pajé, pois a cura é seu ofício de mago.

* * *

O pajé, *wãwã*, mesmo em vida viaja por todas as paragens só acessíveis às almas. Vai com a proteção de Zagapuy. Visita os espíritos, os mesmos que depois invoca para virem às nossas festas, dançar conosco e nos curar.

Zagapuy

O Zagapuy é múltiplo, onipresente. Distribui seu corpo entre todos. Cada pedaço seu vai para alguém. O pedaço do nariz, por exemplo, está com o bicho-olho-de-cobra.

Zagapuy tem testículos imensos, recobertos de escorpiões, semelhantes a carrapatos, seus enfeites. Deixa o testículo para o pajé. É preciso saber que o testículo do Zagapuy é mentiroso que só, conversa o tempo todo, sempre lorotas.

Cuidado com o Zagapuy! Não se pode falar muito dele — ele pode estar em muitos lugares.

O pajé conta muito com Zagapuy quando vai caçar queixadas. Mama no testículo de Zagapuy para ter sorte; sem seu auxílio, nunca teríamos carne.

Digüt[2] conta que uma vez foi caçar com um *wãwã* experiente. Este chamou as queixadas com o côncavo da mão. Os porcos selvagens mamaram em todos os pajés presentes, chupando o braço, a perna, o testículo. O pajé indicou para o filho a queixada mais gorda, que ele matou, ficou lhe pertencendo.

* * *

Zagapuy anda muito, não fica num lugar só. Quando alguém fica doente, Zagapuy vai tomar satisfações com quem causou as doenças: com os *goihanei*, os *dzerebãi*, os *zagapuyo* que ficam na floresta. Pede-lhes para voltarem atrás.

Os *zagapuyo* cuidam das frutas, das árvores na floresta. Ficam bravos com os pajés quando cortam a mata: "Por que você deixa seu povo, seus filhos, derrubarem minha casa? Onde vou morar agora?". Irritam-se com a devastação da floresta.

2 Digüt é o narrador da maior parte dos mitos gavião-ikolen deste livro.

Povos indígenas dos narradores[1]

Ajuru: Os Ajuru são apenas poucas pessoas, vivendo na Terra Indígena Rio Guaporé. Sua língua, da família tupari, uma das famílias do tronco tupi, quase não é mais falada pelos jovens. Em 1994 tinham ainda quatro pajés, entre os quais Galib Pororoca Gurib Ajuru, um dos narradores deste livro.

Arara-Karo: Sua população era de 184 pessoas no ano 2000. Vivem na Terra Indígena Igarapé Lourdes, que é também dos Gavião-Ikolen. Sua língua é da família rama-rama, do tronco tupi, e é falada por todos. Começaram a fazer contato com seringalistas e a trabalhar para eles nos anos 1940. Muitos morreram de doenças, outros foram expulsos ou fugiram e voltaram a partir dos anos 1960. Têm muitos pajés e contam com professores que ensinam, falam e escrevem na língua arara e em português.

Arikapu: Os Arikapu eram estimados em dezenove pessoas em 2001, mas só um número ainda menor fala a língua, muito parecida com o idioma jabuti. Vivem na Terra Indígena Rio Guaporé e na Terra Indígena Rio Branco, entrelaçados por casamentos com os Jabuti, Macurap e Tupari.

Aruá: A população dos Aruá foi estimada em 58 pessoas em 2001. Sua língua faz parte da família mondé, do tronco tupi. Awünaru, o narrador aruá deste livro, é um dos

1 Os dados populacionais tiveram como fonte o *site* do Instituto Socioambiental.

poucos que a falam, mas contou suas histórias num português perfeito. Os Aruá vivem nas Terras Indígenas Rio Guaporé e Rio Branco, casados com pessoas de outros povos, como os Macurap e os Jabuti.

Gavião-Ikolen: Os Gavião-Ikolen eram 436 no ano 2000. O contato com não índios data do início dos anos 1950, um pouco depois das primeiras visitas dos Arara-Karo aos seringais. Falam uma das línguas tupi-mondé, parecida com a dos Zoró e dos Cinta Larga. Ainda contam com vários pajés. Contam também com professores bilíngues, capazes de escrever em sua língua, e que já se formaram no magistério. Nos anos 1980, os Gavião-Ikolen lideraram o movimento contra a hidrelétrica de Ji Paraná, que, se construída, os prejudicaria e aos Arara-Karo, inundando suas terras — e que é uma ameaça permanente.

Jabuti: Os Jabuti, ou Jeoromitxi, estimados em 123 pessoas em 2001, falam uma língua isolada, ou seja, que não pertence a nenhuma família linguística. Parecem usar intensamente a própria língua. As narrativas jabutis foram as mais longas registradas na Terra Indígena Rio Guaporé, muitas contadas por pajés nascidos antes do contato com os não índios, que foi feito nos anos 1940. Hoje há muitos professores bilíngues desse povo, escrevendo em sua língua e em português.

Macurap: Algumas fontes apresentam um cálculo de mais de duzentos Macurap em 2001, vivendo nas Terras Indígenas Rio Guaporé e Rio Branco e em seringais de Rondônia, mas provavelmente o número é menor. Os Macurap foram os primeiros a se relacionar com os colonizadores, com a exploração de borracha, nos anos 1920. Nessa época, revoltaram-se contra os cruéis capatazes dos seringalistas e contra os castigos corporais que sofriam. Há muito tempo expulsaram os antigos patrões invasores. Hoje muitos são casados com os Tupari e os Aruá, mas continuam falando a própria língua, que pertence à família tupari, cantam suas músicas e fazem seus rituais. Quase todos falam perfeitamente o português, e os professores são bilíngues.

Suruí-Paiter: Estimados em cerca de mil pessoas em 2006, os Suruí-Paiter eram 273 em 1979. O primeiro contato pacífico com a Funai foi feito em 1969, por Apoena Meirelles. Nos primeiros anos, muitos morreram de sarampo e outras doenças, mas desde os anos 1980 são um dos povos que mais crescem no Brasil. Os Suruí-Paiter falam uma das línguas tupi-mondé conhecidas, para a qual têm uma escrita, ensinada em suas escolas juntamente com o português por mais de dez professores indígenas. Fundaram várias associações, que defendem seus direitos e organizam atividades econômicas e projetos de saúde e educação.

Tupari: A população tupari era de 329 pessoas na Terra Indígena Rio Branco e de 49 na Terra Indígena Rio Guaporé, em 2005. Sua língua é da família tupari, do tronco tupi. Como os outros povos do Rio Branco e do Rio Guaporé, conheceram os não índios desde os anos 1920, mas o contato regular com seringais, como trabalhadores, deu-se nos anos 1940. Eram duzentos em 1948 e foram reduzidos pelo sarampo a 66 em 1955, mas recomeçaram a crescer. Em 1985 expulsaram os seringais invasores de suas terras. Hoje sua principal luta é contra as hidrelétricas de pequeno porte que afetam o ambiente e as águas. Os professores tuparis têm grande empenho em escrever livros na sua língua e em registrar a música tradicional.

Zoró: Autodenominados Pageyn, falam uma das línguas tupi-mondé, bem próxima da dos Gavião-Ikolen. Foram estimados em 414 pessoas em 2001. Vivem na Terra Indígena Zoró, em Mato Grosso. Seu contato com a Funai data de 1978, o mais recente dos povos deste livro. Como os Suruí, nunca foram trabalhadores assalariados e explorados nos seringais. Têm ótimos professores bilíngues e desenvolveram uma escrita para sua língua. Pogobtsereg Marcos Zoró, um dos narradores deste livro, vive nas terras dos Gavião-Ikolen.

Terras dos narradores

As terras dos povos indígenas deste livro estão demarcadas desde a década de 1970, e contam com todas as garantias legais. São as seguintes:

Terra Indígena Igarapé Lourdes, com 185.000 hectares, em Rondônia, habitada pelos Gavião-Ikolen e pelos Arara-Karo.

Terra Indígena Rio Branco, com 236.137 hectares, em Rondônia, dos Arikapu, Aruá, Jabuti, Kampé, Macurap e Tupari.

Terra Indígena Rio Guaporé, com 115.788 hectares, em Rondônia, dos Ajuru, Arikapu, Aruá, Jabuti, Kampé, Macurap e Tupari.

Terra Indígena Sete de Setembro, em Rondônia e Mato Grosso, com 248.146 hectares, dos Suruí-Paiter.

Terra Indígena Zoró, com 355.789 hectares, em Mato Grosso, dos Zoró.

Conhecendo a autora

Betty Mindlin

Alma índia

Lúcia Mindlin Loeb

A fascinante aventura de conviver com os nossos índios, conhecendo bem de perto as suas tradições e o seu cotidiano, fez de Betty Mindlin uma das maiores conhecedoras do universo indígena brasileiro.

Betty Mindlin é antropóloga, com doutorado pela Pontifícia Universidade Católica de São Paulo, e economista, com mestrado pela Universidade de Cornell, nos Estados Unidos. Foi professora e pesquisadora de várias instituições, como a Faculdade de Economia da USP, a Fundação Instituto de Pesquisas Econômicas (FIPE), o Instituto de Estudos Avançados (IEA) e a Escola de Administração de Empresas da Fundação Getúlio Vargas (FGV). É também uma das fundadoras do Instituto de Antropologia e Meio Ambiente (IAMÁ), uma instituição não governamental sem fins lucrativos.

A autora sempre teve grande interesse pelas questões indígenas e, desde 1979, vem trabalhando em projetos de pesquisa e apoio a numerosos povos da Amazônia, como os que estão incluídos neste livro.

Seus filhos, Manu e Inês, ainda eram pequenos quando Betty resolveu deslocar-se para o território dos Suruí-Paiter de Rondônia, que à época ainda estavam apenas no início do contato pacífico com a Funai e os não índios. Lá compartilhou a vida dos índios, conheceu seus hábitos e sua alimentação, dormiu em suas ocas, experimentou suas iguarias, aprendeu sua língua, trabalhou na roça, acompanhou-os nas andanças e caçadas pela floresta, participou de rituais e festas e — triste fato — acabou por presenciar conflitos com os invasores.

O convívio com essa cultura fez que ela compreendesse ainda mais a importância da sua preservação. Abraçou, então, a causa indígena, a luta pelas terras e pelos direitos dos índios. Mais adiante tornou-se amiga e aliada dos Tupari, Aruá, Arikapu, Arara-Karo, Gavião-Ikolen, Zoró, Macurap, Jabuti, Ajuru, Cinta-Larga, Kamaiurá, Tremembé, Sateré-Mawé, Guarani, dentre outros.

Como se não bastasse a árdua luta em defesa dos interesses e das necessidades desses povos, Betty coordenou um programa de formação de professores indígenas, dedicados a escrever em suas línguas e a expressar sua tradição oral, sua música e sua arte, ao mesmo tempo que estudam para ter os mesmos conhecimentos que os professores brasileiros não índios.

Da rica convivência entre a autora e os povos indígenas resultou a publicação de vários livros de mitos, dos quais esta obra representa uma síntese. Se, por um lado, essas obras significam um importante processo de ação social junto aos povos indígenas, por outro, elas proporcionam a todos nós momentos de empolgante leitura.

Referências bibliográficas

Os textos que compõem esta antologia foram extraídos das seguintes obras da autora:

"A cobra Untaibid, o arco-íris", "O gavião, ou o menino desprezado", "Naoretá, a mãe-cachoeira", "Patopkiá, ou a origem da morte". In: *Tuparis e Tarupás;* narrativas dos índios Tuparis de Rondônia. São Paulo, Brasiliense/Edusp/IAMÁ, 1993.

"A lua, *gatikat*", "O caçador panema, ou o relâmpago, *galoba*", "O veado Itxiab e os ossos dos homens, ou um dos fins do mundo", "Palop sujo, Nosso Pai desprezado", "Ai-ai, o sapo-untanha", "O arco-íris, a origem do milho e o fruto lolongá". In: *Vozes da origem;* estórias sem escrita. São Paulo, Ática/IAMÁ, 1996.

"A mulher-pote", "A Cabeça Voadora, *Akarandek*, a esposa voraz", "A mulher gulosa", "*Pakuredjerui aoné*, os homens que comiam seu próprio cocô, ou os homens sem mulheres". In: *Moqueca de maridos;* mitos eróticos. Rio de Janeiro, Rosa dos Tempos, 1997.

"*Tohon-noti*, o sol antigo", "A origem dos homens", "As línguas", "A anta", "A mulher-lesma", "A origem da morte, a volta do morto Kambiô". In: *Terra grávida.* Rio de Janeiro, Rosa dos Tempos, 1999.

"A queda do céu", "A noite", "A alagação de Malolan, o *goihan* desprezado", "O caçador de queixada", "O pajé Txipiküb-ob fala de suas viagens e dos *dzerebãi*". In: *Couro dos espíritos;* namoro, pajés e cura entre os Gavião-Ikolen de Rondônia. São Paulo, Terceiro Nome, 2001.

"O ovo herói e o pai-mutum", "Mapui, o arco-íris" e "História do gavião-real (*ikuldi*)" são textos inéditos.